MARTIN BECK SERIES 07

DEN VEDERVÄRDIGE MANNEN FRÅN SÄFFLE

MAJ SJÖWALL & PER WAHLÖÖ

ECUS
Publishing House

馬丁・貝克｜刑事檔案 07

壞胚子

麥伊・荷瓦兒 ╳ 培爾・法勒 著
柯清心 譯

木馬文化

目次

編者的話

故事，從一個名字開始

一九六五年，瑞典斯德哥爾摩的各書店內出現一本小說新書。書封上可見一名黑髮女子的影像。她雙眼緊閉，嘴唇微張，封面上大大寫著書名「Roseanna」，字。羅絲安娜，這是她的名字，她是一具河中女屍，剛被人從瑞典的運河汙泥中鏟起，而這部作品即將開啟犯罪推理小說的嶄新世紀。

當時，有不少過去習慣閱讀古典推理小說的年長推理迷在購書後回家一讀，大驚失色，紛紛回到書店抱怨，要求退書，理由是「這情節描述太寫實了」，讓他們飽受驚嚇。畢竟，在這之前，沒有哪部古典推理作品會以如此鉅細靡遺的冷靜文字，描述一具女性裸屍的身體特徵。然而，在此同時，這部作品俐落明快，描寫細膩，時而懸疑緊張、時而又可見詼諧的現代風格，卻在年輕世代的讀者之間廣受歡迎，大為暢銷。

這部以《羅絲安娜》為首，以社會寫實風格描述瑞典斯德哥爾摩的警探馬丁・貝克及其組員辦案過程的系列小說，便是在隨後十年連同另外九本後續之作，席捲北歐各國，熱潮繼之延燒至歐陸，進而前進英美等英語系國家的「馬丁・貝克刑事檔案」。

令人稱奇的事，如此成功的「馬丁・貝克刑事檔案」系列並非出自單一作者之手，而是一對傳奇創作搭檔的共同心血。

愛人同志，傳奇的創作組合

故事要從一九六二年說起。瑞典的新聞記者培爾・法勒，在這一年因緣際會認識了同樣從事新聞撰稿工作的麥伊・荷瓦兒，兩人進而相戀。荷瓦兒出身中產階級家庭，但性格非常獨立且獨特，年輕時常與藝術工作者往來，曾有過幾段短暫的婚姻關係，她在二十七歲認識法勒時，已育有一個女兒。曾在西班牙內戰時期遭法朗哥政權驅逐出境，因而返回瑞典的法勒較荷瓦兒年長九歲，已婚，同樣也有一個女兒，而且他在兩人相識時，已是頗富聲望的政治新聞記者。

兩人最初是在斯德哥爾摩一處新聞記者常聚集的地方因工作而結識，當兩人開始彼此產生感情，便刻意避開其他同業，改到其他地方相會。法勒當時在新聞工作外亦受託創作，每晚都會在兩人飲酒相聚的酒吧附近的旅館內寫作。相處一年後，法勒離開妻子，轉而與荷瓦兒同居。之後陸續有了兩個孩子，但兩人始終沒有進入婚姻關係。

荷瓦兒與法勒在共同創作初期，便打算寫出十本犯罪故事，而且，也只寫十本。這十部作品每本皆為三十章，都是由兩人各寫一章、以接龍方式合力創作而成；只不過，讀者很難從文字判斷各章分別出自誰的手筆。因為法勒與荷瓦兒在創作之初，就刻意不設定偏向哪一方的筆法，而是討論出最適合讀者及作品的行文風格，傾向能雅俗共賞——馬丁．貝克的形象於焉誕生。

疲憊警察，馬丁．貝克形象的誕生

有別於過往古典推理作品中，那些邏輯推演能力一流，幾乎全知全能的「神探」與「英雄」形象，荷瓦兒與法勒筆下這個警察辦案系列小說雖是以馬丁．貝克為名，但當中並沒有突顯誰是主角或英雄。這是一組平凡的警察小組成員，憑藉實地追查線索，有時甚至是靠著機運，才能偵破案件的故事。

這些警察一如所有上班族，各自有其獨特個性和煩惱——寡言、疲憊、婚姻失和、嗜好是組模型船，又有胃潰瘍問題的馬丁．貝克；身形高胖卻身手矯健，為人詼諧，擅長分析，有時又顯魯莽的柯柏（Lennart Kollberg）；愛抽菸斗、準時下班、每天要睡滿八小時、記憶力驚人的米蘭德（Fredrik Melander），以及出身上流階層，卻自願投入警職，個性古怪挑剔，永遠要穿上高級西裝的剛瓦德·拉森（Gunvald Larsson，第三集開始出現），和最不顯眼、任勞任怨至任命，原住民身分的隆恩（Einar Rönn），當然還有其他在故事中穿針引線的甘草人物角色。若是以交響樂團比喻這個辦案團隊，馬丁·貝克絕非站在高台上的指揮家，他更像是第一小提琴手，與其他樂手共同合奏出十首描述人性與黑暗的樂章。

荷瓦兒與法勒塑造的這種具有七情六慾、會為生活瑣事煩惱的凡人警探形象，在當年的推理小說世界實屬創新之舉，現代讀者或許早已習慣目前大眾影視或娛樂文化當中的警察形象，殊不知，這些角色的原型其實正脫胎自荷瓦兒與法勒在六〇年代創造出的這位寡言而平凡的北歐警探。

馬丁·貝克系列故事之所以廣受讀者喜愛，不僅在於這些故事背景就在日常當中，就在斯德哥爾摩實際存在的街路上、公園裡，與讀者生活的時空相疊合，而且讀者隨著角色之間的互動和對話，更是能逐漸清晰建構出這些人物的性格及形貌的具體想像，就像真實生活中認識的朋友。隨著每本劇情獨立、但又巧妙彼此牽繫的故事演進，讀者在這段時間軸中，也將見證到他們的個性變化和聚散離合，甚至，突如其來的死別。

長銷半世紀的犯罪推理經典

從一九六五年到一九七五年，荷瓦兒與法勒兩人在這短暫的十年間，以一年一本的速度，完成了馬丁．貝克刑事檔案全系列——《羅絲安娜》，《蒸發的男人》，《陽台上的男子》，《大笑的警察》，《失蹤的消防車》，《薩伏大飯店》，《壞胚子》，《上鎖的房間》，《弒警犯》，以及最終作《恐怖份子》。

故事背景的六〇、七〇年代還沒有網路，沒有手機，沒有DNA鑑識技術，而且人人都在抽菸，隨時隨地；雖然這些細節設定如今看來略有懷舊時代感，但系列各作探討的問題卻是歷久彌新，沒有隔閡，你甚至會拍案驚嘆：「這些社會案件和問題現今依然存在，當前警察組織面對的各種犯罪和無力感也毫無不同。」

荷瓦兒及法勒在當年同為社會主義者，潛伏在這十個刑事探案故事底下的，是他們對於資本主義社會和龐大的國家機器的批判。他們看到了當時瑞典這個福利國美好表象底下的真實面貌。故事裡一樁樁的刑事案件，其實是他們對社會忽視底層弱勢的控訴，以及對投機政客的勾結貪枉，警界管理層的權力慾和顢頇導致基層員警處境艱困和社會犯罪問題惡化的喝斥。

然而，在荷瓦兒與法勒筆下的馬丁．貝克世界裡，在正義執法與心懷悲憫之間，人世沒有全然的善，也沒有絕對的惡。這些故事裡的行凶者往往也是犧牲者，只是形式不同。他們因為精神狀態、經濟能力、社會制度等種種原因，淪為遭到社會剝削、被大眾漠視的無助邊緣人，而他們的犯案動機有時甚至可能只是對體制和壓迫的無奈反撲。因此，馬丁・貝克和其警隊成員在辦案執法的同時，往往也流露出對於底層人物的悲憐，不論他／她是被害者抑或加害者，而每件刑案也是難以二分的灰色地帶。

短暫而光燦的組合，埋下北歐犯罪小說風靡全球風潮的種籽

一九七五年，法勒因胰臟問題病逝，他在先前已預感自己大限將至，於是將此生對於社會關懷的炙熱理念，盡數灌注在最終作《恐怖份子》當中，得年四十九。從一九六二年初識，第一本《羅絲安娜》在一九六五年出版，到最終作《恐怖份子》在一九七五年推出，這對獨特的創作搭檔在這十三年裡的無間合作，為後世留下了一系列堪稱經典的推理之作。

當年，這股馬丁・貝克熱潮一路從瑞典、芬蘭、挪威等北歐各國開始，繼而延燒至歐陸德國，而後進入美國等英語世界國家，不僅大量改編為電影、影集、廣播劇等形式，書中以社會寫實情節為本的創作風格，更是滋養了《龍紋身的女孩》史迪格・拉森（Stieg Larsson），賀寧・

曼凱爾（Henning Mankell），以及尤・奈思博（Jo Nesbo）等眾多後繼的北歐新一代犯罪小說創作者，為北歐犯罪小說在二十一世紀初橫掃全球、蔚為文化現象的風潮埋下種籽，預先鋪拓出了一條坦途。

同樣的，在亞洲，日本角川出版社從一九七五年起，也以英譯本進行日譯工作，推出馬丁・貝克探案全系列作品，並在二〇一三年陸續再由瑞典原文直譯各作，讓新一代的讀者得以更貼近這部傳奇推理經典的原貌。值得一提的是，常透過小說關注日本社會及時事問題的直木賞及日本推理大賞得主佐佐木讓，於二〇〇四年更是以《笑う警官》一書，向荷瓦兒與法勒筆下創造出來的這位北歐探長致敬，而這部作品也分別在二〇〇九及二〇一三年改編為同名電影及劇集，廣受稱道。

儘管這段合作關係已因法勒辭世而告終，但馬丁・貝克警探堅毅、寡言的形象，早已永遠存活在每個讀者的想像當中，以及藏身在每個後續致敬之作和影劇中的警探角色背後。一九七一年成立的瑞典犯罪作家學院（Svenska Deckarakademin），更是以這個書中角色為名，設立「馬丁・貝克獎」，每年表彰全世界以瑞典文創作，或是有瑞典文譯本的犯罪、推理類型傑出之作。

且讓我們開始走進斯德哥爾摩這座城市，加入馬丁・貝克探長和其組員的刑事檔案世界。

導讀

壞胚胎造就了壞胚子

——關於《壞胚子》

《馬丁・貝克刑事檔案》是瑞典創作組合麥伊・荷瓦兒與培爾・法勒兩人，自一九六五年以《羅絲安娜》為首出版的一系列小說。該系列以斯德哥爾摩凶殺組警探馬丁・貝克（日後榮升組長）與其周遭的探員們為書寫對象，藉偵辦案件過程反映瑞典當代時局與社會，至一九七五年《恐怖份子》劃下句點，期間共推出十部作品。

綜觀作者兩人筆下的「犯罪剖面」，那些警察可視為一把把鋒利的手術刀，所到之處，隱藏在福利國家外殼底下的瘡疤、瘢痕與病灶，皆被鉅細靡遺地剖開呈現。

如首作《羅絲安娜》由一具女性裸屍開始，藉由描寫與死者接觸過的人物談論其種種，揭露隱含在社會背後，對於性自主的女性在思維、言語上的不平等對待。這些現象並非大喇喇地展示著，而是得透過手術刀切開，讀者才得已窺見一小叢病根。

雖這麼說，《馬丁・貝克刑事檔案》絕非是那種議題性大過娛樂性的作品，作者筆下人物的塑造與成長、劇情該有的起承轉合，無一不缺。毋寧說兩位作者想剖析的對象只有一個，也就是資本主義下的瑞典社會——只是花了十年時間，身為社會主義信徒的他們，近乎在每部作品中都是以偶爾左割一道、偶爾右剜一塊的「凌遲式」手術，揮舞他們手中的刀，也因此，讀者在讀完一本書後，或許會有「好像想說什麼，卻只是點到為止」的感受。

然而到了第七部《壞胚子》，這樣的狀況有所改變。

不是手術刀，而是剁刀

《壞胚子》有個簡單的案件開場：一位警界高層的刑事組長因病提早退休，並住院接受長期治療。某日午夜，病房遭人闖入，歹徒持刺刀切開他的咽喉後揚長而去，現場死狀甚慘、不忍卒睹。馬丁・貝克與其同僚展開調查，挖掘出死者背後不為人知的一面……

若是讀過前六部作品的人，可能會隱約察覺到幾點：書中角色們那些憤世嫉俗，批判人、事、物的話語變多了，描寫他們對社會亂象所見所聞的篇幅也有所增加。就連素來不道人是非的馬丁・貝克，在離婚後也未展現出對人生新階段的希望與期待，全篇反而漾著一股無以名狀的厭世氛圍。

如此力道的加重若還能說是心理作用，那麼在讀完整個故事後，多少也看得出當中蘊含的某種創作意念。本書死者與兇手的人物肖像，乃至最後的結局安排（礙於導讀不劇透的原則無法說明太多，但請已閱畢的讀者不妨思考一個問題：為何最後開槍的是這人，而不是那人？），與前述的「力道加重」不謀而合，幾乎全指向同一方向，這在系列過去作品中是相當罕見的。數個角度的手術刀結合成肢解用的剁刀，「唰」一聲朝社會的某處關節斬下。

那個關節，個人認為便是「官僚體制」。

不是人殺人，而是體制殺人

閱讀《馬丁．貝克刑事檔案》時，有一樣屢次出現、卻又像是作者不經意描寫的場景總會攫住我的目光——街頭抗議。罷工、反戰遊行、學運……這些手持訴求標語的群眾，總會面對一群手持警棍，為「維護秩序」親臨現場的警察。生長在數十年來也有不少大小社運的台灣，如此場景總讓我有劍拔弩張、甚至膽戰心驚的聯想。但作者沒有在當中增添任何渲染，這些街頭活動有些並未演變成警民衝突（也可能是作者沒寫出來），路過的諸多警察（他們是凶殺組的，自然不是維持秩序的一員）也往往沒發表太多意見。那時我總認為是礙於角色們身在體制內，刻意不表現出來。而對於系列風格的了解，縱使不藉由角色抒發，我們也很清楚作者的立場為何。

殊不知，那或許只是因為案件性質不同，角色沒有發揮空間而已，到了《壞胚子》，便透過馬丁・貝克之口，明確地「表態」了。

身為官僚組織的一員，這些警察在過往作品裡僅吐露些許心聲，表達身處巨大體制當中的迷惘，然而在本作的第十三章，馬丁・貝克卻在問案時，開始明確細數體制內的惡行惡狀（儘管是用「某人是不是有做出……」這類假設語氣），如此轉變看似突然，但對照本書的案件結構，卻十分合情合理。

或許，我們該慶幸有體制內的人願意用冷徹的目光，去審視自己所處的這個組織機器。畢竟我們看過太多「體制殺人」的案例：校園霸凌、家庭暴力、士兵死於軍營……這類例子的共通點，就是體制內的人會為了維護組織（及自己）的存續，選擇與加害者站在同一方，這在外人看來是難以置信、是非不分的「官官相護」，卻也反映出人性悲哀的一面。那些他人眼中春風化雨的優秀教師、疼愛妻兒的模範父親、嚴守分際的好長官，都可能成為共犯結構的一員，畢竟人是依附著團體生存，若將自己置身於相同情境，誰又保證能做出正確抉擇？

當然還是有的，這類人正是組織得以實行改革，抑或走上腐敗之路的關鍵。

不是純議題，而是動作片

說到這兒，讀者可別認為《壞胚子》是作者兩人轉了性，寫出如前所提「只重議題，輕忽娛樂性」的小說。事實上，本作的案情比起《陽台上的男子》、《大笑的警察》而言雖顯單純，卻有系列裡首屈一指的大動作場面，邁向結局時與兇手對峙、步步進逼的過程頗有好萊塢電影的味道。

或許是看上這樣的賣點，瑞典當地片商於一九七六年將《壞胚子》改編成了電影《屋頂上的人》（Mannen på taket），由波．維德伯格執導，老牌演員卡爾—古斯塔夫．林斯泰飾演馬丁．貝克一角，該片並奪得隔年瑞典電影學院所頒的發「金甲蟲獎」之「最佳影片」與「最佳男配角」獎。

培爾．法勒與麥伊．荷瓦兒兩人雖先後於一九七五年與今年（二〇二〇年）四月逝世，但他們創作的《馬丁．貝克刑事檔案》剖析社會的內涵，歷經半個世紀仍不與時代脫節，歷久彌新。

- 寵物先生

本名王建閔，台灣推理作家協會會員。以《虛擬街頭漂流記》獲第一屆島田莊司推理小說獎首獎，另著有長篇《追捕銅鑼衛門：謀殺在雲端》、《S.T.E.P.》（與陳浩基合著）、《鎮山：罪之眼》等書。

導讀

無知者構築的瘋狂世界——關於《壞胚子》

一直以來都認為，一篇合格的序應該達到兩個目的：一是引起甫翻開書頁止讀到這一行讀者的興趣；另一個則是在讀者閱畢掩卷之後，若再次回想起置於開頭的這篇序而重新翻讀，能提供一些討論空間抑或不同的切入點。

《壞胚子》是馬丁．貝克系列的第七本小說，lucky seven——對於警察來說，這本書卻和「幸運」一點也沾不上邊。故事以一名在醫院療養的退休警官之死揭開劇幕，這名叫作尼曼的老警察遭到兇手以利刃殘虐捅殺，脖子被割斷，連內臟都流出來。老警察並不如我們想像的那般羸弱，年輕時的他晉升迅速，二戰爆發時甚至披上戰袍重回沙場。比起警察，從士官學校畢業的他更顯著的形象或許是對下屬施以不人道訓練、貫徹斯巴達教育的鐵血軍人。

如此剛猛剽悍的男人，卻被殺了。

兩種人死的時候，警方調查進展特別快：第一是名人；再者就是自己人。馬丁·貝克與在此一系列中頻頻登場可說是常駐角色的柯柏、拉森、隆恩和米蘭德等人立刻展開地毯式的搜索。之於命案，破案關鍵永遠是行凶動機，動機不外乎愛情、金錢或者恚怨。也因此，要揪出加害者，首先，必須了解被害者——那名被殺害的老警察到底做了些什麼？

隨著偵查深入，故事全貌亦逐漸勾勒清晰——書名「壞胚子」，指的原來不是兇手，而是死者。

死者生前是名囂張跋扈的惡警——不承認執法手段過當、不承認逮捕流程瑕疵、不承認施暴嚴刑逼供、不承認以武力鎮壓示威學生……屢遭投訴卻在自己早年培養出的勢力中安然度日，甚至反過來針對投訴者挾怨報復。

但是，難道這樣做就不是正義嗎？

他們——尼曼和他的子弟兵們（大多時候）並非一心只想將對方誣陷入獄，而是打從心底認為在那個當下他們確實犯了罪、破壞了社會秩序。藉由「壞胚子」最親近得力的下屬霍特之口，我們知道縱然是「惡」人的他們亦有其自身為難之處，有他們不得不秉持緊握人生才得以免於潰散的信念：我為了維護一點法律與秩序，好讓善良老百姓能安居樂業，讓良家婦女免遭強暴，讓商家櫥窗不至於被洗劫一空，結果一輩子工作得跟狗一樣……但治安只是越來越不堪，發生更多的暴力事件、更多的流血衝突，更多人在詆毀我們。

或許這樣的觀點有些逆風，但所謂的「惡」人，很多時候其實是制度之惡。瑞典的警察制度歷經多次改革——軍事管理思維退潮、反動的趨勢也消褪，民主意識抬頭社會益加開放……不一而足的種種改變最終使得步兵背景出身的「壞胚子」尼曼漸感無用武之地。先不論總體來說是不是往更好的方向發展，但社會各領域的進步似乎都有相似的盲點：我們總是容易看見新鮮的一代，卻忘了某些早已存在的人員可能無法適應這樣的變化。

簡而言之，整個社會——或說全世界都在陸續轉型，但不是每個人都能跟上。

於是落後的一群，只能以他們已經學會的方式繼續不合時宜地對抗現況。（此外，稍微政治不正確地說，就某個角度觀之，法勒和荷瓦兒是不是也是在資本主義席捲全世界的浪潮中那「落後」的一群？）

當然沒有要為惡警開脫的意思，畢竟我無法確定那些作為到底是不是「正義」——不過很明確的是，至少不符合程序正義。

不符合程序正義，便意味著「公平」是不穩定的。

而不穩定的「公平」，到頭來導致的，就是冤獄。

寧可錯殺一百，也不能放過一人——暫且不論結果好壞，法律的無罪推論原則剛好與之相反：寧可錯放一百，也不能濫殺一人。

揪不出真兇，是無能；抓成不對的人，是無知。而無知比無能更可怕的地方在於：「無知」會構築出一個錯誤的世界。而長期居處於一個錯誤的世界裡，即使是最良善的人，也有發狂的可能——話說回來，戰爭不也是由一群無知者所建構出的瘋狂世界？

《壞胚子》書中一案核心在於警察組織，小說中呈現兩種截然不同的警察樣貌：以馬丁・貝克為軸心的諸位警察是我們如今所熟知的警方形象，既有熬夜奔走勤懇辦案的一面，有時又會賣老油條互打嘴砲，說好聽是忠憨務實，難聽的話也許近於木腦迂腐。至於「壞胚子」和他所帶領的一幫徒子徒孫，則是渾身沾染濃厚的軍人習氣，慣於用權力輾壓一切自己無法理解（也壓根兒沒打算理解）的人事物。未審先判，是後者最大的毛病。因為他們還沒打從心底真真正正認識「警察」在如今社會上的位置。

他們把自己的價值觀和善惡準則放在所有接觸的案件裡，然而警察該做的是，將有關案件的所有證據、資訊蒐集完整，交付檢察官起訴後由法官判斷是非對錯。作為一個普通老百姓，可以毫無忌憚表現、甚或傳播自己的道德觀；不過作為一個警察，必須消除所有固有的個性，每個人所擁有的想法叫作「意見」，用另一種說法則是「成見」。

最後，必須坦承，以現代小說的審美觀檢視，這本小說有些過於平實：沒有結構繁複的多線敘事，沒有誤導真相的嫌疑人和結局的翻轉翻轉再翻轉，在被害者與加害者心境困局上的描寫亦付之闕如——特別是最後一點，是覺得最為可惜的地方。我們僅能藉由旁人的觀點報導式地拼貼出可能的事實。然而，關於悲劇，我們想了解的，總是比事實更多一些，畢竟文學的價值不光是「呈現」，還有「渲染」。後者能夠讓一部作品往心裡走深行遠稍許。

最後的最後（總是如此），還想再提出一點——《壞胚子》一書拋出的大哉問是：當正義無法藉由正當管道獲得伸張時，被害者究竟有沒有權利自己動手制裁加害者？

在這個年代，換個方式問也許更有利於讀者想像：當加害者所受到的懲罰完全不符合期待時，被害者（及其家屬乃至於社會大眾）究竟有沒有權利動手制裁加害者（及其家屬）？

讀完這本書以後，我很想知道你的答案。

• 游善鈞

作家、編劇。曾獲優良電影劇本獎、拍台北劇本獎、林榮三文學獎、聯合報文學獎、時報文學獎和周夢蝶詩獎等獎項。出版詩集《水裡的靈魂就要出來》、長篇小說《骨肉》、長篇科幻冒險小說《完美人類》、短篇推理小說集《大吾小佳事件簿：送葬的影子》、長篇犯罪驚悚小說《隨機魔》、長篇科幻推理小說《神的載體》與其同系列續作《虛假滿月》等作品。台日合拍電影《亡命之途》協力編劇。

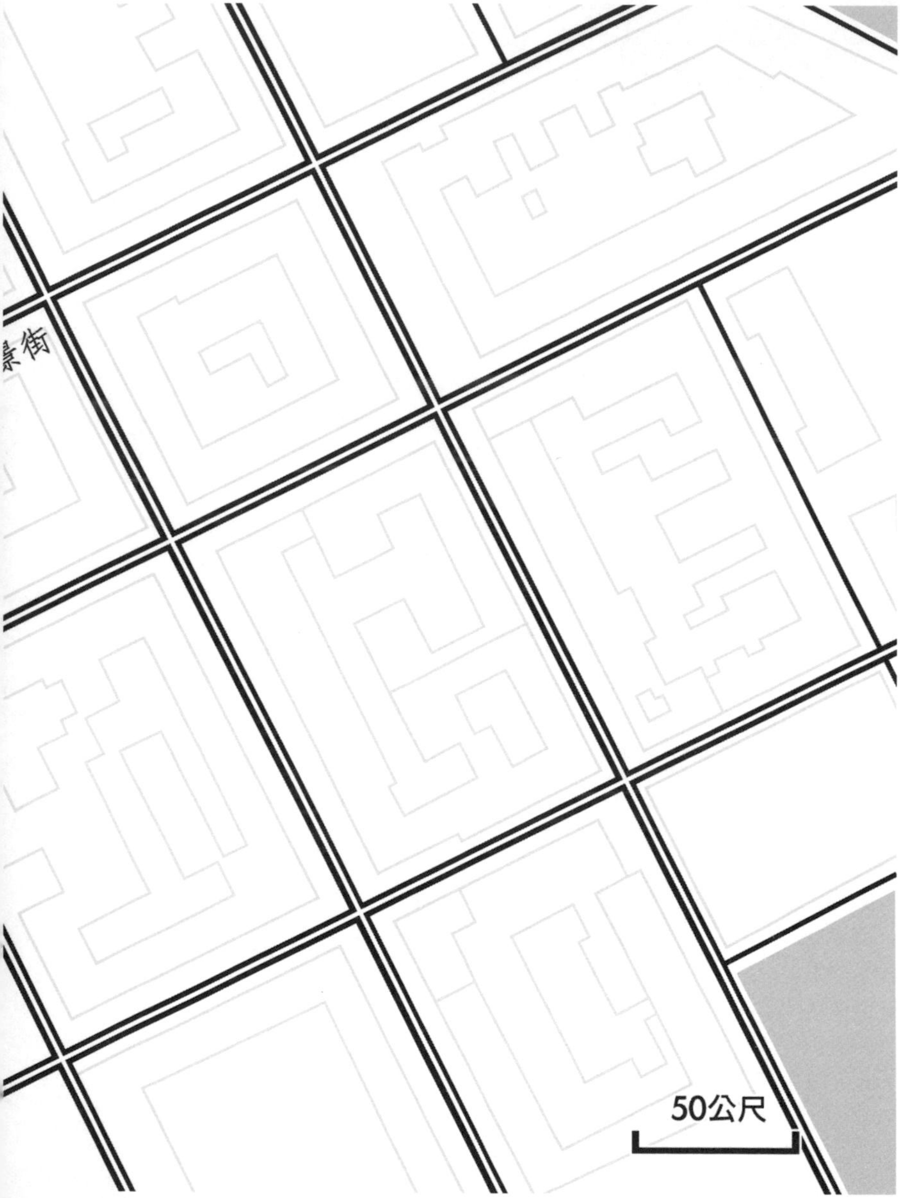

祿街
50公尺

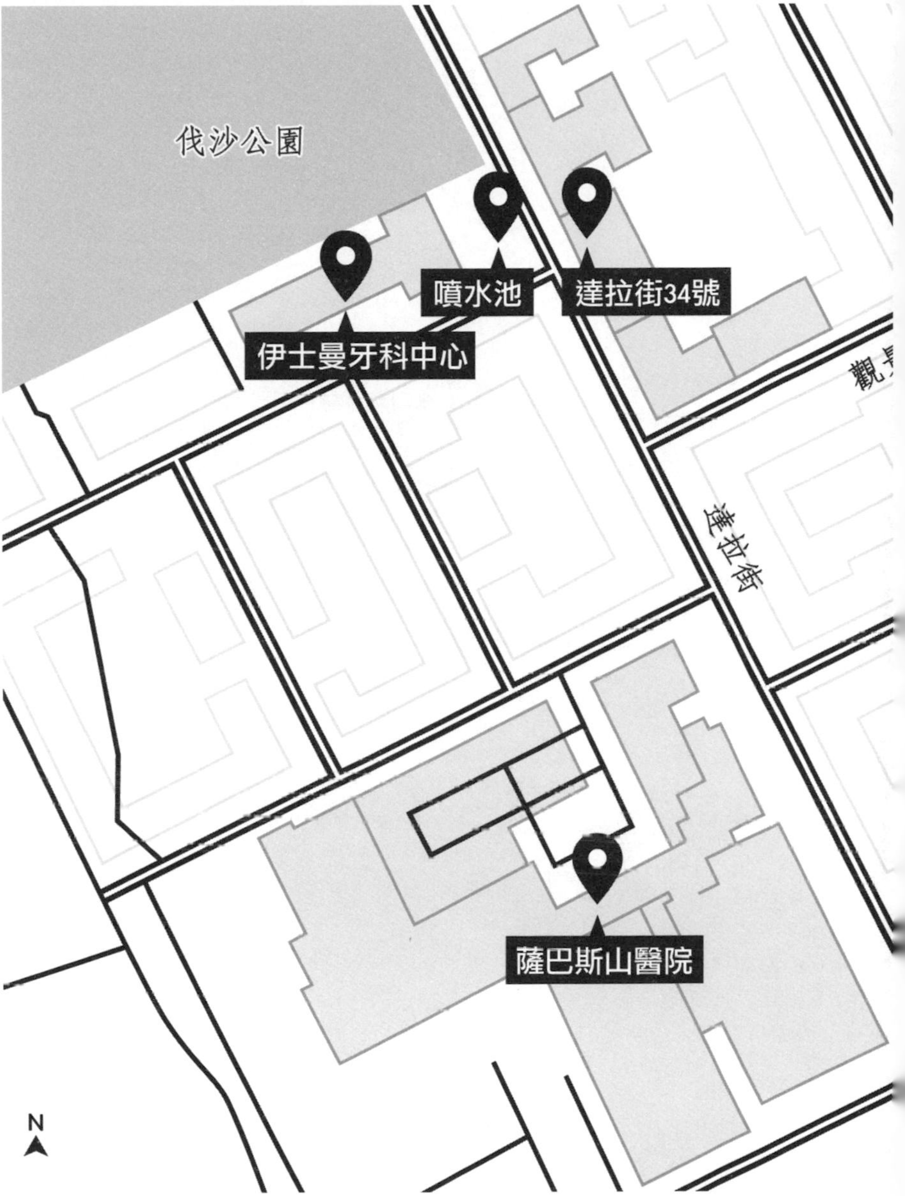
伐沙公園
噴水池
達拉街34號
伊士曼牙科中心
達拉街
薩巴斯山醫院
N

斯德哥爾摩城區圖

1.

子夜剛過，他決定不再多想。

稍早他拿來寫東西的藍色原子筆，此時躺在報上字謎遊戲的右欄邊。閣樓裡窄擠凌亂，男人定坐在矮桌前的破木椅上，頭頂懸著圓形、長穗的黃色燈罩。燈罩布料因為年久而褪色，老舊的燈泡泛著微弱的昏黃光芒。

屋裡很靜，卻非無聲——屋裡其實有三個人的呼息，屋外更隱隱傳來模糊、無法辨識的低響，那聲音也許是遠方公路上的車流，是遙遠的海潮，抑或睡夢中的大都市裡那百萬人口發出的聲息。

閣樓裡的男子穿著米色伐木工夾克、灰色滑雪褲、機器織成的黑色套頭毛衣和棕色滑雪靴。他蓄著一大把修剪整齊的鬍子，毛色比他向後梳理妥貼的髮色略淡。他的臉很窄，側面稜角分明，五官明顯。在他那充滿怨恨又頑強的冷峻面容下，其實有著近乎童真的表情，看來脆弱無助而惹人心疼，卻又隱隱透著一絲狡黠。

男人湛藍的眼神雖然鎮定，卻也茫然失焦。

他看起來就像一個突然變老的小男孩。

男人已經這樣靜靜不動地坐了快一小時，手擺大腿上，兩眼呆滯地望著褪色的大花壁紙。

接著他起身走過房間，打開衣櫃，舉起左手從層架上取下一樣東西。那是個扁長的物件，以滾著紅邊的白色廚巾包著。

那是一把插在步兵槍上的刺刀。

男人抽出刺刀，小心翼翼地抹去黃色的槍油，接著放進泛著青光的鋼鞘內。

男人的個頭雖然高壯，動作卻異常迅捷而柔軟，而且雙手與眼神一樣堅穩。

他拉開皮帶，將刺刀插入皮套開口內，然後拉上外套拉鍊，戴起手套和格紋呢帽，離開了房子。

木梯被他踩得嘎吱作響，但男人的步履本身卻是輕盈無聲。

這屋子又小又舊，棲踞在小丘頂上。這是一個風高夜寒、星子無光的夜晚。

戴呢帽的男人繞過屋角，遊魂似地走向屋後車道。

他拉開黑色福斯的左前門，坐到駕駛盤後，調整刺刀，讓刀靠在自己右大腿上。

他發動車子，打開車前燈，上公路往北駛去。

小小的黑車在暗夜中奔馳急竄，彷彿是個無重量的外太空航具。道路兩旁的建築逐漸簇擁起來，籠罩在燈光下的城市漸漸浮現，看來巨大而荒涼。城市裡除了鋼鐵、玻璃和水泥築成的堅冷外貌外，所有生命全都消失不見了。

值此深夜，就連市中心的街道上也了無人跡，只能偶爾瞥見計程車、救護車和巡邏車的身影，除此之外便是一片死寂。一輛黑白相間的巡邏車自眼前呼嘯而過。

交通號誌周而復始地由紅轉黃、轉綠、轉黃，然後再轉回紅燈，卻是了無意義。

黑車謹守交通規則，絕不超速，它在所有十字路口放慢速度，乖乖在每個紅燈前停住。

車子沿著伐沙路，行經中央車站跟新落成的喜來登旅館，而後往左開到北鐵廣場，繼續沿索爾街北行。

廣場上立著燈飾繽紛的樹，五九一號公車停在公車站上。一輪新月懸在聖艾利克廣場上方，波尼亞大樓上的藍色霓虹指針顯示時間是一點四十分。

此時此刻，車裡的男子剛好滿三十六歲。

男人現在取道東邊，沿歐丁路駛經無人的伐沙公園，經過公園中冰冷的白色街燈，以及千萬棵葉盡枝枯的樹枝投映出的錯綜黑影。

黑車再度右轉，沿著達拉街往南開了一百二十五碼，然後煞住。

男人故意將車子兩輪停在伊士曼牙科中心階梯前的人行道上。

他踏入夜色，關上身後的車門。

這是一九七一年四月三日，星期六的事。

這天剛過一小時又四十分鐘，沒發生什麼特別的事情。

2.

一點四十五分，嗎啡失效了。

他十點前才打過一針，換句話說，嗎啡的止痛效果維持不到四小時。

痛感零零散散地又回來了，先是左橫隔膜開始發痛，幾分鐘後，連右邊也開始痛了起來。疼痛接著擴展到背部，一陣陣傳遍全身，來得又急又錐心刺骨，感覺就像貪婪的禿鷹在啃啄撕食他的臟器。

他躺在高窄的床上，凝視著夜燈和外面倒影投映在白灰泥天花板上的幽光，這些陰影稜稜角角，無可名狀，跟病房本身一樣冰冷，令人厭煩。

天花板並不平坦，而是彎成兩道淺拱，感覺距離十分遙遠。天花板確實滿高的，超過十二呎，而且跟大樓裡其他東西一樣風格老舊。他的病床設在石地板正中央，房裡僅有其他兩件家具：一個床頭櫃和一張直背木椅。

房間窗簾並未完全拉密，而且窗戶微微開著，冬春交際的夜風從兩吋寬的間隙流進屋內，攪得房中空氣寒涼而清新，但他還是覺得床頭櫃上的腐花和這身病體發出的氣味令他窒息想吐。

他沒睡著，只是無比清醒地默默想著一件事——止痛劑的藥效就快沒了。

打從值夜護士咚咚踩著木鞋朝走廊穿門而出，已經過了一個小時，之後除了自己的呼吸聲外，他就沒再聽見別的聲音。也許他還聽到自己忽快忽慢的脈搏吧，然而這些聲音無法辨聞，可能只是出於自己的想像，剛好配合著他對疼痛與死亡的畏懼。

他向來是個硬漢，無法忍受別人的錯誤或軟弱，而且從來不肯承認自己也會有衰老或糊塗的一天。

如今他又怕又痛，覺得自己受到背叛，因而全然手足無措。在這幾個禮拜的住院期間，他的感官變得異常敏感，對各種形式的疼痛敏感得近乎反常，一想到要打針，想到護士每天抽血時會把針刺進他的手臂，他就忍不住發顫。而且他好怕黑，無法忍受獨自待著。他開始聆聽自己過去從未注意到的聲音。

醫院裡的各種檢查——諷刺的是，醫生稱之為「研究」——搞得他疲累不堪，令他的健康每況越下。他的身體越差，對死亡的恐懼就越強烈，最後恐懼占據了他所有心思，讓他覺得自己渾身赤裸裸，病得只顧得了自己。

窗外傳來窸窸窣窣聲，大概是有動物穿過枯萎的玫瑰花圃吧，是田鼠、刺蝟，還是貓？不過刺蝟好像會冬眠？

他覺得那必定是動物弄出的聲響，同時又不自由主地抬起左手去找繞在床柱上以便他取用的呼叫鈴。

可是當他的手指劃過冰冷的床架時，一陣痙攣痛得他發顫，呼叫鈴一下子滑開，咚一聲掉落地上。

那聲音讓他稍稍鎮靜下來。

如果他拿到呼叫器，按下白色按鈕，那麼他病房門上的紅燈便會亮起，夜班護士不久後將咚咚地拖著木底鞋從值班室跑來。

他雖然害怕，但自尊心也很強，他很慶幸自己沒按鈴。

否則夜班護士一定會進房開燈，不解地看著可憐兮兮躺在病床上的他。

他又靜靜地躺了一會兒，感到疼痛逐漸退去，接著又突然劇痛起來，就像有個瘋狂的司機駕著火車在他體內亂竄。

他突然覺得內急，需要小解。

其實他旁邊有個尿瓶，就塞在床頭櫃後的黃塑膠垃圾桶下，但他不想用尿瓶。醫生說，如果他願意，隨時可以起身。有位醫生甚至認為稍微走動會對他有益。

他覺得還是起來開門走到走廊對面的廁所比較好。這件事可以讓他分神，強迫他暫時先想點別的事。

他將毯子和床單推到一邊，撐起身體在床緣坐了幾秒，他的腳懸在半空中。他一邊整理白色睡袍，一邊聽到身下的塑膠床單唆唆作響。

他輕手慢腳地爬下床，直到汗濕的腳底觸到冰涼的石地。雖然他的鼠蹊及大腿上都纏著大片繃帶，但還是試著站直身軀。成功了！他身上還穿著昨天動脈攝影後的塑膠緊壓衣。

他把腳套進放在桌邊的拖鞋，小心地一步步走向門邊。他將第一層門往裡拉，把第二層往外推，然後直直越過漆黑的走廊走進洗手間。

上完廁所後他用冷水洗手，然後轉身回去，並停在走廊上傾聽。夜班護士的收音機隱約傳來模糊的聲響，他又痛起來了，疼痛再次掀起他的恐懼。他心想，也許可以過去請護士給他幾顆止痛劑，雖然沒什麼特殊效用，但反正她還是得打開藥櫃，拿瓶子倒果汁給他。拿過止痛劑後，他就可以清靜一陣子，不會有人來煩他了。

辦公室離他大概有六十呎，他慢慢走著，睡袍拍打著他的小腿。

值班室的燈亮著，但裡頭沒人，只有夾在兩個半滿咖啡杯之間的晶管收音機兀自播著小夜曲。

值班護士跟勤務員一定是去別的地方忙了。

房間開始飄飄晃晃，他只好靠在門上站穩，一兩分鐘後，等感覺好些，才又慢慢穿過昏黑的走廊回到自己房間。

房門跟他離開時一樣微微開著，他小心將門闔上，走了幾步路來到床邊，脫掉拖鞋，冰手冰腳地上床把毯子拉到脖子上。他睜大眼睛靜靜躺著，覺得疼痛又在身上急竄了。

房裡好像有點不太一樣，天花板上的陰影形狀起了一點點變化。

他幾乎是立刻就覺察到。

但會是什麼原因造成的？

他將目光移到空盪的牆上，接著轉頭往右望向窗戶。

他很確定自己離開房間時，窗子是開著的。

但現在卻關上了。

他心中一慌，連忙抬手去抓呼叫器，但呼叫器不在原處。他忘了撿起地上的電線及按鈕。

他的手指緊扣在原本纏放呼叫器的鐵管上，死盯著窗口。

兩片長簾子之間的距離仍然是兩吋寬，但垂掛的模樣已不像之前，而且窗子也關上了。

會不會是醫院的人進來過？

可能性似乎不大。

他全身冷汗直流，睡衣濕冷地貼伏在他敏感的肌膚上。

他驚驚顫顫，視線片刻不離地看著窗口，開始從床上坐起身。

簾子定定不動地垂著，但他很確定後面有人。

是誰，他心想。

會是誰？

接著他閃過一個念頭：這一定是他的幻想。

他搖搖擺擺地站到床邊，赤腳站在石地板上。他踉蹌兩步走向窗口，然後停住，微彎著身，兩唇驟然抽搐。

躲在窗簾後的男人右手一揮，掀開簾子，左手同時抽出刺刀。

長長的刀刃上泛著冷光。

穿夾克、頭戴格紋呢帽的男子火速欺近站定，兩腿跨開，身子拉得又長又直，將刀子舉到肩頭。

生病的男子立刻認出對方，他張嘴欲叫。

刺刀沉重的握把立即擊中他的嘴，男人的唇頓時裂開，齒板應聲而斷。

那是他最後感覺到的事。

隨後的事發生得極快，一切都在瞬息之間。

對方的第一拳擊打在他肋骨下的右橫隔膜上，接著刺刀整個刺入，沒至刀柄處。

病人依然站著，頭往後仰，穿夾克的男子這時三度舉刀，一刀從他的左耳到右耳切開他的咽喉。

割開的氣管冒出啵啵泡響。

此後就再也沒有別的聲音了。

3.

週五夜晚，斯德哥爾摩的咖啡館裡應該擠滿歡度週末的人群才是，然而實際卻不然，原因其實很簡單。過去五年來，餐飲價錢整整漲了兩倍，一般受薪階級連一個月出來吃一頓晚飯都負擔不起。餐廳老闆怨聲連連，大嘆生意難做。不過，那些沒把餐廳改裝成廉價酒吧或迪斯可舞廳以招攬年輕消費群的餐廳老闆，則靠吸引更多出手大方、持信用卡的商人來維生；商人就是喜歡在豐盛的餐桌上談生意。

舊城區的這間「太平歲月」也好不到哪兒去。時間很晚了——準確的說法是，週五已經變成週六了——但剛才的一小時裡，一樓餐廳內只有兩個客人。客人吃完牛排後，現在正在凹室旁的餐桌邊喝咖啡和水果酒，低聲交談。

兩個女侍坐在入口對面的小桌邊折著餐巾。年輕的那位一頭紅髮，滿臉倦容。女孩起身朝吧台上的時鐘瞄了一眼，打著呵欠，拿起一條餐巾走到凹室的客人身邊。

「吧台打烊前，兩位還要點些什麼嗎？」女孩問，同時拿著餐巾將桌巾上的菸草抹淨。「要不要再來點熱咖啡呢，組長？」

馬丁・貝克沒想到女孩認出他時，自己竟然會有點得意。通常他只會覺得討厭而已。身為警政署凶殺組組長，馬丁・貝克多少也算是個公眾人物，但他已經很久沒出現在報紙或電視上，女侍會認出他，大概是因為這間餐廳已經開始把他當成常客了吧。應該是這樣的。迄今為止，馬丁・貝克在這附近已經住了兩年，偶爾外出吃飯，多半會來這間「太平歲月」。不過像今晚這樣有人陪他吃飯的情況倒是不常見。

坐在他對面的是他的女兒英格麗。英格麗芳齡十九，撇開女兒的金髮和父親的深色頭髮不說，父女倆其實長得極像。

「還要咖啡嗎？」馬丁・貝克問。

英格麗搖搖頭，侍者離開去準備帳單。馬丁・貝克從冰桶裡拿出裝水果酒的小瓶子，把剩下的酒倒進兩人杯子裡。英格麗啜著自己的酒杯。

「我們應該常這樣的。」她說。

「喝水果酒嗎？」

「嗯，好喝。不是啦，我是指我們應該多聚一聚。下次我請你到我那兒吃晚飯，你還沒去看過我在柯洛斯特路的住處。」

英格麗在父母離婚前三個月便搬出家裡。馬丁．貝克有時會想，若非受到女兒鼓勵，恐怕他不會有勇氣跟英雅分手，結束這段有名無實的婚姻。英格麗在家裡很不快樂，高中還沒畢業就搬去跟朋友同住。現在她在大學念社會學，最近才在石得桑找到一間套房，雖然目前還是向人轉租，不過將來應該可以自己承租下來。

「媽媽和洛夫前天來看我，」她說，「我本來想把你也拉來，可是找不到你。」

「我在奧利布魯待了兩天。他們還好吧？」

「好得很。媽提了一大箱行李，毛巾、餐巾，連那台藍色咖啡機都帶了，其他還有什麼我就不知道了。噢，我們談到洛夫的生日。媽希望我們能去跟他們吃頓晚飯，如果你排得出時間的話。」

洛夫比英格麗小三歲，兩人性情迥異，卻一向合得來。

紅髮女侍送來帳單，馬丁．貝克付過帳後把酒喝乾。他看看錶，只差幾分鐘就一點了。

「要走了嗎？」英格麗一口把最後幾滴水果酒喝掉。

父女倆沿著厄斯特藍路往北走。夜空繁星閃動，空氣清新而冷冽，兩名酒醉的青少年嘈嘈嚷嚷地從杜肯街走出來，叫囂聲在老舊的大樓之間迴盪。

英格麗勾著父親的手臂，配合他的步子走著。高瘦的英格麗有雙長腿，馬丁．貝克覺得她實在太瘦了，卻老是聽到女兒嚷著說要減肥。

「你要不要上來坐一下？」兩人往科曼多克的小丘走去時，馬丁・貝克問道。

「好啊，不過我只上去叫計程車喔，很晚了，你也該睡了。」

馬丁・貝克打了個呵欠。

「我的確是挺累的。」

有個男人蹲在聖喬治和巨龍的雕像下，似乎睡著了，他的前額枕在膝蓋上。

英格麗和馬丁・貝克經過時，那男人抬起頭，提著嗓子語焉不詳地嘟嚷了幾句，然後伸直腿，下巴往胸前一垂，又睡著了。

「他不是應該去收容所睡嗎？」英格麗說，「外頭很冷呢。」

「遲早得去吧。」馬丁・貝克說，「如果那邊有房間的話。不過我已經很久不管醉漢的事了。」

兩人默默走到科曼街上。

馬丁・貝克想到二十年前的夏天，自己還在尼可拉管區當巡警的情形。斯德哥爾摩當年不比今日，舊城區曾是個如詩如畫的田園小鎮。那時的醉鬼和窮人當然比現在多，但政府大力清除貧民區，重建小鎮建築，租金漲到老房客再也負擔不起後，如今住在這裡反而成了一種時尚，而他自己現在也是那少數的特權份子之一。

父女倆搭電梯來到頂樓，這頂樓是翻修大樓時加蓋的，是舊城區中的少數頂樓。公寓的設計非常現代，包括客廳、一個小廚房、浴室，和兩間窗口朝東、面向一大片庭院的房間。一大一小的房間很暖和，有深寬的凸窗和低矮的天花板，第一間房擺著舒適的安樂椅和矮桌，而且有座壁爐；裡面房間有張大床，大床邊盡是架子和櫃子，窗邊有張大書桌和成排的抽屜。

英格麗外套也不脫地走到房間書桌，拿起聽筒打電話叫計程車。

「不留一會兒嗎？」人在廚房裡的馬丁．貝克喊道。

「不了，我得回家睡覺，累死啦，你還不是一樣。」

馬丁．貝克沒反對，他突然覺得很睏，不過他一整晚都在打呵欠，父女倆剛才去看楚浮的《四百擊》時，他有好幾次也都快打起瞌睡。

英格麗終於叫到計程車，她走到廚房，親吻父親的臉頰。

「謝了，今晚真開心，如果之後沒先見面，我們就在洛夫生日當天碰面囉。好好睡一覺吧。」

馬丁．貝克送女兒進電梯，低聲說再見，看電梯門闔上後才回到自己的公寓。

他從冰箱拿出啤酒倒進大玻璃杯中，進房把杯子放到書桌上，然後走到壁爐旁的音響，挑了一張巴哈《布蘭登堡協奏曲》放到唱盤上。這棟大樓非常獨立，馬丁．貝克知道就算音量開得很大也不會吵到鄰居。他坐在桌邊喝著啤酒，冰涼清爽的啤酒沖去了水果酒的甜膩。他把濾嘴套到菸上，兩排牙齒咬著菸，然後點燃火柴。馬丁・貝克用手托著下巴，望向窗外。

春夜深藍的星空籠罩在院落彼端，屋頂上泛著青光，馬丁・貝克聽著音樂，任思緒自由奔騰，心中無限地輕鬆自足。

他將黑膠唱片翻面後，走到床邊架子，拿下一艘組到一半的「飛雲號」帆船模型，慢慢組著桅桿和撐帆的長柱。他弄了一個多小時後，才把模型擺回架上。

馬丁・貝克一邊更衣，一邊自得地欣賞自己組好的兩具模型——「快鯊號」及教練艦「丹麥號」。飛雲號不久後就只剩船索要組了，這是難度最高、也最煩人的地方。

他裸身走進廚房，把菸灰缸和啤酒杯放在水槽邊的流理台上，熄掉所有燈，僅留下枕頭上方的一盞。馬丁・貝克關好臥室門回到床上，調整時鐘，鐘面指著兩點三十五分，他檢查鬧鈴按鈕開了沒。但願今晚沒事，這樣他就可以睡到自然醒了。

勃根葛林的《汽船結構》躺在床頭櫃上，馬丁・貝克快速地瀏覽，看著以前仔細研究過的照片，偶爾讀一小段解說，看看圖片說明，重溫舊夢一番。書很厚，並不適合在床上閱讀，他的手不久後就被書壓痠。他將書擺到一邊，伸手關掉床頭燈。

電話在這時響起。

4.

埃拿．隆恩已經累到快虛脫。

他已連續工作十七個小時，此時正站在國王島街警局的刑事組辦公室裡，看著一名出手打傷朋友的男人在哀嚎。

也許「男人」這兩字有點言過其實，因為這個金色長髮披肩的十八歲男生基本上只是個大小孩。他穿著豔紅的Levis牛仔褲和棕色小羊皮夾克，夾克背面印著LOVE，四個字母周圍還綴著粉紅、深紫及淡藍色的花朵。男孩的靴子上也有花朵和文字，仔細一看，那是「PEACE」和「MAGGIE」的字樣。夾克的袖緣上精巧地縫著柔長的真髮。

真讓人懷疑那是不是把人的頭皮削下來縫上去的。

隆恩也滿想哭的，一來是他實在累了，但主要還是為犯人難過，而不是受害者。最近他常遇到這種情形。

一頭秀髮的年輕人意圖殺害一名毒販未果，但警方已將他列為二級蓄意謀殺的重大嫌犯。

隆恩從當天下午五點就開始追緝這個人，也就是說，他得跑遍美麗的斯德哥爾摩各區，到不下十八處毒販出沒的地方逐一搜查，那些地點齷齪無比，一個比一個髒。

這一切，全是因為某個在瑪麗亞廣場把毒品賣給高中生的王八蛋頭上被敲了個包而已……好吧，那個「包」是被鐵管敲出來的，而且鐵管還敲斷了，但畢竟只是個包嘛，隆恩心想。

這個混帳害他加班九個小時，等到他回到法靈比的住處時，就變成十小時了。

不過事情總是好壞摻半，今天的好處就是可以多賺點津貼。

埃拿・隆恩是拉普蘭人，生於阿耶普洛，娶了一名拉普蘭女孩。他對法靈比這區並不特別喜歡，但他很喜歡住處那條街名：拉普蘭街。

隆恩看著值班的年輕同事簽收遞交人犯的單據，再將長髮青年交給兩名警衛。警衛將犯人押進電梯，帶往三樓的登記處。

遞交單上寫著犯人的姓名，單子背面通常會由值班幹員寫上適當的描述。例如「凶暴成性，多次撞牆，結果受傷」，或是「無法管控，撞到門受傷」，甚至只是單純地寫著「跌倒受傷」。就是諸如之類的敘述。

門開了，兩名巡警架著一名年紀稍大、蓄著灰鬍子的男人走進來，三人穿過入口時，其中一名巡警在犯人肚子上捶了一拳。犯人彎身哀叫，聽起來像是狗吠。兩個值班的幹員依舊不為所動地慢慢翻著公文。

隆恩厭煩地看了巡警一眼，但沒說什麼。

他呵欠連連地看著錶。

兩點二十七分。

電話響了，其中一名幹員接聽道：

「是的，刑事組，我是古斯塔夫森。」

隆恩戴上毛帽朝門口走去，他的手剛摸到門把時，那個叫古斯塔夫森的人喊住他。

「什麼？等一下，喂，隆恩！」

「幹嘛？」

「有事。」

「又怎麼了？」

「薩巴斯山出事了，有人被射殺了吧，電話裡這傢伙也搞不清楚。」

隆恩嘆了口氣，轉過身，古斯塔夫森挪開蓋住話筒的手。

「這邊有位制暴組的同事，是我們的主力戰將，可以嗎？」

一小段停頓。

「是的，是的，我聽得見你講話。很可怕，是的。你現在究竟在哪裡？」

瘦瘦的古斯塔夫森三十來歲，為人冷漠而堅毅，他聽著電話，再度用手遮住話筒。

「他在薩巴斯山中央大樓的主要入口，顯然需要幫忙，你要去嗎？」

「好吧，我去好了。」隆恩說。

「要不要找人載你過去？那部警務車好像有空。」

隆恩同情地看著兩名巡警，搖搖頭。這兩人又高又壯，身上配著槍，皮套裡還插著警棍，那犯人軟趴趴地癱在他們腳邊。兩人用又妒又蠢的眼神看著隆恩，滿臉期待能榮獲重用。

「不必了，我自己開車去。」隆恩說完轉身便走。

隆恩並不是警局的主將，此時此刻，他覺得自己連小兵都稱不上。有些人覺得他很幹練，也有人認為他表現平平。儘管如此，經過多年殷勤的工作後，他畢竟也幹到制暴組巡佐的職位了；用小報的說法，這算是正牌警探了。而且他一臉溫和謙讓，酒糟鼻，中壯年紀，身材因久坐辦公桌而略胖——眾人也不至於對此產生異議。

隆恩開了四分鐘又十二秒的車程，來到指定地點。

薩巴斯山醫院盤踞在一大片長方形的坡地上，主要大樓在北邊接鄰伐沙公園，東側沿著達拉街、西側順著索爾街而建，大樓底端被從感化院灣伸展過來的新橋截斷。一間瓦斯工廠的紅磚大樓從索爾街的方向延迤過來，在角落占據一方。

這醫院的名稱取自旅館老闆瓦倫汀・薩巴斯。十八世紀初，此人在舊城擁有「羅斯托克」和「雄獅」兩間旅館，他在這邊買了地，還在池子裡養鱷魚，後來池子乾涸或被填掉之後，他在這裡開了間餐廳，在他一七二〇年辭世前，總共經營了三年。

薩巴斯去世十年後，此地挖出礦泉，兩百年的礦泉旅館後來慢慢就變成醫院和救濟院，如今這棟建築則蹲踞在一棟八層高的養老院陰影處。

原本的醫院是一百多年前蓋在達拉街側邊的石地上，醫院包含許多由覆頂通道相連而成的棚子，有些舊棚子如今還在使用，不少是最近才拆掉換新，原有的通道系統現在也已轉到地下。

園區盡頭有許多做為養老院的舊大樓，還有一座小教堂，在花園的草坪樹籬及碎石道間有棟避暑別墅。別墅漆著白邊，圓圓的屋頂上有個尖頂，前面一大排樹從教堂延伸到路邊的舊警衛室。教堂後方的地勢較高，不過到了索爾街上面便不再爬升，地面在懸岸和對面的波尼亞大樓之間彎行。這裡是院區中最安靜、人跡最少的地方。醫院的主要入口設在已有百年歷史的達拉街，是百年前蓋的，新的中央大樓就設在入口旁邊。

5.

巡邏車頂的藍燈閃映在隆恩身上，讓他覺得自己跟鬼一樣。只是他沒想到待會兒的情況還更糟糕。

「發生什麼事？」他問。

「還不清楚，很恐怖就對了。」

這位巡邏警員看起來相當年輕，他說得坦然，同情萬分，眼神卻充滿困惑，而且好像連站都站不穩。他左手扶著車門，右手慌張地撫著槍把。十秒前隆恩抵達時，還聽到他鬆了一口大氣。

隆恩心想，這孩子在害怕呢。隆恩安慰他說：

「我們待會兒就知道了。屍體呢？」

「那地方不好找，你跟我的車去吧。」

隆恩點點頭返回車上，尾隨藍色閃燈繞過中央大樓，在院區裡彎行。巡邏車在三十秒內轉了三個右彎，兩個左彎，而後才在一棟黃牆黑頂的矮長建築前停下。這棟大樓看起來非常古老，破舊的木門上有一盞明滅不定的燈泡，燈泡外罩著老式的乳白色玻璃球，在黑夜中幾乎沒什麼作用。巡警下車，站姿跟先前一樣——手扶著車門和槍柄，好像這樣能擋住黑夜及稍後將看到的事似的。

「就在那邊。」他戒慎恐懼地看著雙層木門。

隆恩按捺住呵欠，點點頭。

「要不要我多找幾個人過來？」巡警問。

「再看看吧。」隆恩好脾氣地重覆道。

這時他已經走上台階推開右側門了，門吱吱呀呀地響著，因為鉸鏈已許久未曾上油。他再走了幾階，又是另一道門，門後是燈火暗淡的走廊。寬長的走廊天花板極高，貫穿整棟大樓。走廊一側是私人房間和病房，另一邊顯然是預定做為洗手間、寢具櫃和檢查室之用。牆上有部黑色的老式付費電話，打一次只要十歐爾。隆恩盯著一個橢圓形的琺瑯白盤，盤子上簡潔有力地題了「灌腸」兩字，他轉頭從自己所站之處看著前面的四個人。

其中兩名是穿制服的警察，一個身形矮壯結實，兩腿叉開而立，手垂身側，兩眼直視前方。這人左手拿著一本打開的黑皮筆記本。他的同事低頭靠在牆上，看著鐵架上的琺瑯洗臉盆，洗臉盆上有個老式的黃銅水龍頭。隆恩在這九小時的加班過程中遇到的年輕人，大概就屬這個年紀最小了。他雖然穿著貨真價實的警察皮夾克、肩帶，而且還配有武器，看起來卻像是個冒牌貨。一名戴著眼鏡的灰髮婦人癱坐在藤椅上，眼光呆滯地望著腳上的白色木底鞋。她穿著白色護士服，蒼白的小腿上散布著醜陋的靜脈瘤。第四位是個三十多歲男子，此人頭髮黑而鬈，緊張地咬著指關節，他也穿了白外套和木底鞋。

走廊上的氣味很差，飄著消毒水、嘔吐物還是藥品的氣味，或許三者都有吧。隆恩突如其來地打了個噴嚏，他本想捏住鼻子，但已經遲了一步。

唯一對噴嚏聲有反應的人是那名拿著筆記本的警員。他沒說什麼，只是指著一道淡黃色的漆門，還有打好字、放在金屬框裡的白卡片。門沒全關，隆恩輕輕將門撥開，裡面還有另一扇門也是半開著，不過這道門是往裡開的。

隆恩用腳將門推開，向房裡望去，隨即吃了一驚。他鬆開鼻子，再看一次，這回看得更仔細了。

「我的媽呀。」他自言自語說。

隆恩後退一步，讓外層的門彈回原處，他戴上眼鏡，開始檢查框裡的名牌。

「老天爺。」他說。

警員已收起黑色筆記本，拿出警徽，當念珠或護身符一樣地捏在手裡。

好笑的是，隆恩想到警徽不久後就要被取消了。眾人長久以來爭執不休的話題——警徽該掛在胸口以直接表明身分，還是藏在口袋裡——自然將不了了之。警徽之後會被普通的識別證取代，警察只穿著制服就行了。

「你叫什麼名字？」隆恩朗聲問道。

「安德森。」

「你什麼時候到的？」

警員看看錶。

「兩點十六分，也就是九分鐘前，我們剛好在附近的歐丁廣場。」

隆恩摘下眼鏡，瞄了穿制服的男孩一眼，這小鬼臉色慘綠，完全失控地對著臉盆狂吐。年長的巡警順著隆恩的視線看過去。

「他只是個警校學生，」他低聲地說，「這是他第一次出巡。」

「最好去幫他一下，」隆恩說，「還有，請第五分局加派五、六個人手過來。」

「請第五分局緊急出動，是，長官。」安德森說，他差點沒行舉手禮或立正站好。

「等一下，」隆恩表示，「你在這裡有沒有看到任何可疑的事？」

也許他表達得不是很好，警員聽了之後一臉困惑地看著病房門口。

「嗯，啊……」他支支吾吾。

「你知道裡面那人是誰嗎？」

「是尼曼組長？」

「沒錯。」

「我還以為你看不出來。」

「是啊，」隆恩，「差點看不出來。」

安德森離開了。

隆恩拭著額頭上的汗，思索下一步該怎麼做。

他想了十秒，然後走到公共電話旁，撥了馬丁·貝克家的電話。

「喂，我是隆恩，我人在薩巴斯山，能過來嗎？」

「好。」馬丁·貝克說。

「快點。」

「好。」

隆恩掛上聽筒，走回其他人身邊等著。他將自己的手帕遞給警校生，男孩不好意思地擦擦嘴。

「對不起。」他說。

「任何人都可能會這樣的。」

「我真的忍不住。這種事常發生嗎？」

「不會。」隆恩說，「我當了二十一年警察，老實說，從來沒遇過這種事。」說完他轉身對鬈髮男子說：「這裡有精神病房嗎？」

「*Nix verstehen*。*」醫生表示。

隆恩戴上眼鏡，看著醫生白外套上的塑膠名牌。上面印著他的姓名：「烏茲克・庫托普茲醫師」。

「噢。」他對自己說。

他摘掉眼鏡，靜靜等待。

* 德語，意為「都聽不懂」。

6.

那房間長十五呎，寬十呎，高度近十二呎，顏色十分單調——天花板呈污白色，而灰泥牆則似灰又似黃。地上鋪著灰白色大理石瓷磚，窗框和門都是淡灰色。窗前掛著厚重的淺黃綢緞簾子，後面還有一層薄薄的白棉簾。白色鐵架床上是同色的床單和枕套，旁邊有灰色床頭櫃和淺棕色的木椅。家具上的漆都掉了，粗糙的牆面已因年久而斑裂，天花板上的灰泥也多有剝落，有幾處還透著淡褐色水漬。東西全都很老舊，但十分乾淨。桌上有一只鎳銀材質的花瓶，瓶裡插了七朵淡紅色玫瑰，此外還有兩只玻璃杯、一只玻璃花瓶、一個當中擺了兩顆小藥丸的透明廣口瓶、一架小型白色電晶體收音機、一顆吃了一半的蘋果，以及一只裝著淡黃液體的大玻璃瓶。下邊架上擺了一疊雜誌、四封信、一本格線紙、一枝有四種顏色墨水管的華特曼鋼筆和一些星散的零錢——詳細點說，是八枚十歐爾、兩枚二十五歐爾，以及六個一克朗的硬幣。桌子有兩個抽屜，上層放著三條用過的手帕、一塊塑膠盒裝肥皂、牙膏、牙刷、一小瓶鬍後水、一盒止咳喉糖，以及一個放指甲剪、銼刀和剪刀的皮革盒子。另一個抽屜裡有皮夾、電動刮鬍刀、一小包郵票、兩根菸斗、菸草袋和一張印有斯德哥爾摩市政廳的空白明信片。椅背上掛了幾件衣服——一件灰色棉質外套、同款顏色及材質的長褲和一件長及膝蓋的白襯衫。椅座上擺有內衣褲和襪子，床邊有雙拖鞋。一件米色浴袍掛在門邊的衣鉤上。

這房裡只有一個顏色顯得格外突兀——那片觸目驚心的腥紅。

死者側躺在床與窗戶之間，由於咽喉割得極深，頭部幾乎呈九十度角向後仰。他的左臉頰貼著地板，舌頭從張大的嘴中探出，搗爛的雙唇間斜伸出斷掉的假牙。

死者往後仰時，大量鮮血從頸動脈中噴出，濺得床單上片片殷紅，灑得床頭櫃上的花瓶血斑點點。

另一方面，死者腹部的傷口也將他的襯衫整個染濕，在屍體邊流聚成一大灘血泊。從傷口表面研判，應是有人一刀捅穿死者的肝膽脾胃和胰臟，大動脈也被刺穿。

死者的血可說是在幾秒內流光的，他的皮膚青白得近乎透明，額頭、脛骨和腳掌部分幾乎可以看穿。

屍骸上那道十吋長的切口大剌剌地開著，遭刺破的臟器從腹膜邊擠壓而出。

這人幾乎被砍成兩半。

即使對因為工作經常與血腥暴力為伍的人來說，眼前這種驚悚的畫面還是難以消受。

然而馬丁．貝克從踏進房門那一刻起，表情從頭到尾就沒變過。外人看來會覺得他只是在辦例行公事，就像跟女兒到餐館吃飯喝酒、更衣、組帆船模型、睡前看點書，然後突然十萬火急地趕去幫人查案。最糟的是，連他自己也覺得沒什麼。馬丁．貝克絕不容許自己畏縮，他天不怕地不怕，卻害怕自己的冷漠。

此時已經是凌晨三點十分，馬丁．貝克在床邊席地而坐，冷靜地仔細檢查屍體。

「沒錯，是尼曼。」他說。

「是啊，我想也是。」

隆恩起身在桌上的物件堆中東摸摸，西看看。他突然打了個大呵欠，隨即不好意思地掩住嘴。

馬丁．貝克很快地瞄了他一眼。

「你有時間表之類的記錄嗎？」

「有。」隆恩說。

他拿出一小本筆記，筆記上已用螞蟻般的小字寫了一些東西。隆恩戴上眼鏡，開始喋喋碎碎唸道：

「有位助理護士在兩點十分打開房門，她沒聽見或看見任何異常狀況。護士為病患做例行查房，尼曼那時就已經死了。護士兩點十一分打電話報警，歐丁廣場附近的巡警在兩點十二分接獲通報，三、四分鐘後就趕到了。他們在兩點十七分向刑事組報案，我兩點二十二分抵達，二十九分打電話給你，你在兩點四十四分趕到。」

隆恩看看自己的錶。

「現在是兩點五十二分，我到現場時，他大概已經死了將近半小時。」

「是醫生說的嗎？」

「不是，是我自己按屍體溫度跟血液凝結情況推斷的——」

隆恩停下來，好像覺得自己驟下結論有失武斷。

馬丁・貝的右手拇指和食指揉著鼻梁，心中若有所思。

「所以事情應該發生得很快？」他說。

隆恩沒回答，心裡好像在想別的事。

過了一會兒後，隆恩說：

「你知道我為什麼要找你來吧，不是因為——」

他停下來，似乎有些心煩意亂。

「不是因為什麼？」

「不是因為尼曼是刑事組長，而是因為……因為這個，」隆恩胡亂指著屍體，「因為他死得很慘。」他又頓了一秒，然後提出新的結論。「我是說，會下如此毒手的人一定是瘋了。」

馬丁．貝克點點頭。

「是的，」他說，「看起來確實如此。」

7.

馬丁．貝克開始感到不安，有些思緒來得十分模糊，而且難以捉摸，那情形有點類似看書看得昏昏欲睡時，只會呆望著書本，連書頁都不曉得翻動。

他得努力集中心緒，具體把握住這些一閃即逝的念頭。

除了這些看不到、摸不著的感覺之外，他心中還另有隱憂。

那是一種對危險的感知。

他覺得就要出事了，而且應該不計代價去阻止，問題是，他不知道是什麼事，更不知該如何防範。

馬丁．貝克以前只要閒久了，就會有類似的感覺。對他這種情形，同事們往往一笑置之，稱之為「直覺」。

警務工作是立基在現實情況、例行調查、耐性毅力和組織分析上，許多難辨的案子雖因機緣巧合而破案，然而機緣巧合並不等於運氣或意外。犯罪調查講求的是將種種巧合編織成一張細密、貫串的網絡；經驗法則和永不懈怠的態度在偵辦過程中扮演的角色，遠比靈感和直覺來得重要，絕佳的記憶和豐富的常識也比聰明才智更具價值。

直覺在實際的警務工作裡，根本無足輕重。

直覺連基本條件都稱不上，它就像星象學和觀面術，稱不上科學。

儘管馬丁・貝克極度不願意承認，但他真的就是直覺很強，而且好幾次都是直覺將他導引到正確的辦案方向。

而且有些簡單、實際而即時的事物也會影響他的心情。

像隆恩就是一例。

馬丁・貝克對共事的人要求很高，這都得怪柯柏。馬丁・貝克最早在斯德哥爾摩擔任刑警，後來轉到瓦斯貝加的警政署刑事局工作，這麼多年來，柯柏一路相隨，是他最得力的助手。柯柏向來與馬丁・貝克配合得天衣無縫，他能提出最棒的推斷，問出最關鍵的問題，而且提供適當的線索。

可是柯柏此刻沒當班，他應該在家中睡覺吧，馬丁・貝克又找不到正當理由把他吵醒，這麼做有違規定，而且對隆恩更會是一種侮辱。

馬丁・貝克期望隆恩能再多表現點什麼，至少說句他也感覺到危險之類的話，提出一些推論或臆測，好讓馬丁·貝克可以去反駁或追查。

但隆恩什麼都沒講。

他只是冷靜、有效率地執行自己的工作，目前調查工作歸他做，他很盡責地把每件該做的事都做好了。

窗外的區域已用許多繩索和拒馬圈圍起來，幾輛巡邏車開過來，車前燈打在地上，斑斑圈圈的白光從警用手電筒中射出，顛簸地晃過地面，像驚慌躲避入侵者的沙蟹在沙灘上四處逃逸。

隆恩已經一一查過床頭櫃及當中的東西，除了一般個人用品和幾封健康人士寫給重病患者那種搔不到癢處的問候信之外，什麼也沒找到。第五分局的人員搜過旁邊幾個房間和病房，也沒發現什麼。

馬丁·貝克若想知道一些特別的事，他就得用問的，而且還得用明確易懂的方式去問，隆恩才不至於誤解。

總之，事實擺明他們兩個合作不來，這點他們多年前就已經發現，因此通常會避開彼此合作的機會。

隆恩很清楚馬丁·貝克對他的評價並不高，因此老是自卑。馬丁·貝克則知道自己跟對方話不投機，所以也格外沉默。

隆恩拿出他的寶貝辦案工具箱，採到幾枚指紋，並將房內幾個證物及外邊地面都蓋上塑膠布，以防重要細節遭到自然力或人為的粗心破壞。他採到的物證大半都是腳印。

馬丁・貝克每年此時都會犯感冒，鼻塞、流鼻涕、咳嗽，樣樣不缺，而隆恩對此竟然毫無反應。事實上，他連一句「你還好吧」都不懂得問，顯然他兒時教育裡缺了這一塊，連句問候語都不會。就算他有想到吧，也是悶在肚子裡。

兩個人毫無默契，馬丁・貝克覺得自己應該打破沉默。

「你不覺得這整間病房看起來有點老氣嗎？」他問。

「是啊，」隆恩說，「本來這裡明天就要清空，整修或改裝成其他用途，病人會遷到中央大樓的新病房。」

馬丁・貝克立刻有了新想法。

「我在納悶兇手到底是用什麼凶器，」一會兒後，他又喃喃自語，「也許是彎刀或武士刀吧。」

「都不是，」剛走進房裡的隆恩說，「我們找到凶器了，就在窗外十二呎處。」

兩人一起到外邊查看。

在蒼冷的白色光圈下，赫然躺著一把尖利的刺刀。

「原來是刺刀。」馬丁．貝克說。

「嗯，沒錯，卡賓槍用的。」

六釐米卡賓槍是常見的軍槍，大多是炮兵和騎兵在使用。馬丁．貝克自己在服兵役時就有一把，但軍隊現在大概已經不用這種武器了。

刺刀上覆滿血塊。

「有辦法從刀柄槽溝上取到指紋嗎？」

隆恩聳聳肩。

這個人真是三拳打不出個悶屁來，每句話都得用逼的才會說。

「你打算讓刀留在那裡等它乾嗎？」

「是啊，」隆恩說，「這樣好像也不錯。」

「我想盡快跟尼曼的家人談談。你認為這麼晚去吵他太太好嗎？」

「應該沒關係吧。」隆恩不甚確定地說。

「我們總得著手做點什麼。你要一道去嗎？」

隆恩喃喃說了句話。

「你說什麼？」馬丁．貝克問，同時擤著鼻涕。

「得找個攝影師過來，」隆恩說，「是的，沒錯。」

然而他的語氣似乎毫不在乎。

8.

隆恩走到車邊，坐進駕駛座等馬丁．貝克，他正通知尼曼太太這個不幸的消息。

「你向她透露多少？」隆恩在馬丁．貝克坐到他身邊時這麼問道。

「只說他死了。看來尼曼病得很重，所以她似乎不太訝異，不過現在她一定很納悶，她老公死了跟警方有何關係。」

「她的聲音聽起來如何？很震驚嗎？」

「是，當然。她本來想搭計程車直接過來醫院，醫生目前正在跟她談，希望他會勸她待在家裡。」

「也是，萬一讓她看到尼曼，一定會嚇死，這件事光用說的都已經很難了。」

隆恩沿著達拉街往北朝歐丁路開去。伊士曼牙科中心外頭停著一輛黑色福斯，隆恩朝車子點點頭。

「這台車也真是的，光停在非停車區還不夠，竟然還斜停在人行道上，還好我們不是交通隊的，算這傢伙好狗運。」

「那傢伙說不定還喝醉酒，所以才會停成那樣。」馬丁·貝克說。

「說不定是個妞兒，」隆恩說，「一定是女人停的，女人跟車子……」

「你對女人的成見未免也太深了，」馬丁·貝克說，「這話要是讓我女兒聽見，她一定會訓你一頓。」

車子從歐丁路右轉，行經古斯塔夫教堂和歐丁廣場。計程車站裡有兩輛亮著「空車」標誌的計程車，市立圖書館外的紅綠燈下有輛黃色掃街車正閃著橘燈，等待交通號誌轉綠。馬丁·貝克和隆恩默默繼續前行，他們轉到西維爾路，慢慢繞過街角的掃街車，在經濟學院旁左轉上了國王史特街。

「真他媽的。」馬丁·貝克突然罵道。

「是啊。」隆恩說。

車裡又是一陣沉默。當他們越過賈爾伯爵路以後，隆恩放慢車速，開始尋找門號。市民學校對面有間公寓的門開著，一名年輕人探頭朝他們看來，兩人停車穿街而過，年輕人將門拉開。

等他們抵達門口時，才發現這男孩比從遠處看時還更年輕。男孩幾乎跟馬丁·貝克一樣高，但看上去最多不超過十五歲。

「我叫史提芬，」他說，「家母正在樓上等候。」

兩人跟著男孩來到二樓，看見有間房門微微開著。男孩帶他們穿過走廊進入客廳。

「我去請我媽過來。」他低聲說著，而後消失在走廊上。

馬丁·貝克和隆恩依舊站在房間中央，他們四下看看。客廳非常整潔，半側空間有一套四〇年代的家具，包含一張沙發、三張印著花色椅墊的漆面木製安樂椅，以及一張同為木質的橢圓形桌子。桌上鋪了一片白色蕾絲桌布，桌布中央擺著水晶大花瓶，裡面插著豔紅的鬱金香。面街的兩扇窗垂著白色的蕾絲窗簾，窗簾後是成排悉心照顧的盆栽。房間盡頭處的牆上是一大片漆亮的桃花心木書架，書架半擺著皮裝書，另一半則是各式紀念品和小東西，牆邊到處是放著銀器和水晶器皿的小桌子。最後還有一架闔著琴蓋的黑色鋼琴，琴上是成排框好的家族照片。四周牆面上掛了幾幅以金橘色畫框裱妥的靜物及風景畫。房子正中央有一盞水晶吊燈，兩人腳下踩的是酒紅色的東方地毯。

馬丁·貝克將房中細節一一記在腦海，同時聆聽從走廊上傳來的腳步聲。隆恩走到書架旁，看著一只黃銅製的鹿鈴。鈴的邊飾有色彩鮮麗的白樺樹、馴鹿和拉普蘭人，還用紅色的裝飾字母寫著芬蘭文。

尼曼太太隨兒子走進客廳，她身穿黑毛衣、黑鞋黑襪，手裡緊緊握著白色小手絹，剛才一定是在哭。

貝克和隆恩向她自我介紹，但她看起來好像沒聽進去。

「請坐。」她說完後，自己也在花墊椅上坐下。

待兩位警官坐定後，尼曼太太眼神絕望地看著他們。

「到底發生什麼事？」她細著嗓子問。

隆恩掏出手帕，慢慢地仔細擦去鼻頭上的冷汗……反正馬丁・貝克也沒指望這傢伙能幫他什麼。

「尼曼太太，如果你有任何能夠鎮靜情緒的東西——我是指藥丸之類的，我想你最好先吞一兩顆。」馬丁・貝克說。

坐在鋼琴椅上的男孩立刻起身。

「爸爸有……浴室櫃子裡有鎮定劑。」他說，「我去拿過來嗎？」

馬丁・貝克點點頭。男孩從浴室拿來藥丸和水，馬丁・貝克看看標籤，對著瓶蓋倒出兩顆藥丸，而後遞給尼曼太太，她順從地將藥和水一起吞下。

「謝謝，」她說，「現在請告訴我你們想知道什麼吧。史提格人都走了，再做什麼其實也沒用了。」她將手帕壓在嘴上，說話聲音因此悶著。「為什麼不讓我去看他？他畢竟是我先生，院方到底把他怎麼了？那個醫生……他的語氣好怪……」

尼曼的兒子走過去，坐在母親座椅的扶手上，以手環著她的肩。

馬丁．貝克將椅子轉過來，直接面對尼曼太太，同時瞄了一眼靜靜坐在沙發上的隆恩。

「尼曼太太，你先生並非病逝，而是有人闖進病房將他殺害。」

女人瞪著他。馬丁．貝克從她的眼神看出她是在好幾秒後才意會了他的話。她垂下手，拿手帕撫住胸口，臉色白得嚇人。

「殺害？有人殺他？我不懂……」

她兒子的臉色也好不到哪兒去，環住母親的手攬得更緊了。

「是誰幹的？」他問。

「還不知道，兩點剛過時，護士發現他躺在房間地板上。有人從窗口溜進去，持刺刀殺了他，整個過程不到幾秒，我想他還沒弄清楚發生什麼事，就被殺死了。」馬丁．貝克安慰地說。

「按所有跡象研判，他是遭人突襲。」隆恩表示，「如果他有時間反應，一定會自衛或掙扎，但現場看不出任何反抗痕跡。」

那女人現在望著隆恩。

「可是，為什麼會這樣？」她問。

「我們也不知道。」隆恩說。

他就講這麼多。

「尼曼太太，也許你能協助我們查出真兇。」馬丁・貝克說道，「我們不想引起你不必要的痛苦，但我們得問幾個問題。第一，你想得到會是誰下手的嗎？」

女人絕望地搖搖頭。

「你先生可曾接到任何威脅？還是有人有殺他的動機？有人威脅過他嗎？」

她繼續搖著頭。

「沒有，」尼曼太太表示，「怎麼會有人威脅他？」

「有人恨他嗎？」

「怎麼會有人恨他？」

「請你想仔細，」馬丁・貝克說，「會不會有人認為你先生害了他？畢竟他是警官，這工作很容易樹敵。他是否提過有人出獄後想殺他或威脅過他？」

尼曼太太一開始困惑地看著兒子，然後看看隆恩，再回來看著馬丁・貝克。

「我不記得有這種事，史提格要是說過，我一定會記得。」

「爸爸不太談他的工作，」史提芬說，「你們最好去問警局的人。」

「我們也會去問。尼曼先生病多久了？」馬丁．貝克問。

「好久了，我都記不得究竟有多久。」男孩看看母親。

「去年六月開始，」她說，「仲夏前生的病，他胃痛得厲害，一放完假就去看醫生。醫生以為是潰瘍，要他請病假，此後他就一直在請病假了。他看過好幾個醫生，每個的說法都不一樣，開的藥也不同。三個星期前，他去薩巴斯山，那邊一直幫他做檢查跟測驗，但還是查不出病因。」

談話似乎有助她分心，抑制住內心的震驚。

「爸爸以為自己得了癌症，」男孩說，「但醫生都說不是，可是他一直病得很重。」

「他這段期間都在做什麼？從去年暑假後就沒工作了嗎？」

「是啊。」尼曼太太說，「他確實病得很重，一痛就是好幾天，只能躺在床上。他吃了很多藥，可是沒什麼幫助。去年秋天他回局裡跑了幾趟，說是要去看看局裡的情況，可是沒辦法工作。」

「尼曼太太，你想想看，他是否說過或做過會跟他今天的死有關的話或事情？」馬丁．貝克問。

她搖搖頭，開始哀泣，茫然看著前方。

「你有兄弟姊妹嗎？」隆恩問那男孩。

「有，我有個姊姊，不過她結婚了，住在馬爾摩。」

隆恩對馬丁．貝克投以探詢的一眼。馬丁．貝克看著面前這兩個人，同時若有所思地用手指來回捲動香菸。

「那我們走了，」他對男孩說，「相信你會好好照顧你媽媽。不過，我想你最好還是找個醫生過來，給她吃點藥讓她入睡。這時間你能請到醫生嗎？」

男孩起身，點點頭。

「布朗柏醫生，」他說，「家裡有人生病時，他都會過來看診。」

男孩到走廊上，兩人聽到他撥著電話，一會兒，那頭似乎有人接聽了。男孩只講了幾句便回來站在母親身邊。現在，他看起來比剛才在門口時更像個大人。

「醫生待會兒就過來，」男孩說，「兩位不必等了，他馬上到。」

兩人站起身，隆恩走過去將手搭在婦人肩上，尼曼太太沒動，他們向她道別時，她也沒反應。

男孩送他們到門口。

「我們也許還得再過來，」馬丁．貝克說，「我們會先打電話了解一下令堂的狀況。」

當他們走到街上時，馬丁・貝克轉身問隆恩：

「你應該認識尼曼吧？」

「不特別熟。」隆恩含糊其辭地答說。

9.

馬丁・貝克和隆恩回到犯罪現場時，藍白色的閃光燈霎時打在醫院亭子髒黃色的立面上。有幾輛車已抵達，開著前照燈，停在迴車道上。

「看來攝影師已經到了。」隆恩說。

兩人下車時，攝影師朝他們走來，他沒揹相機袋，只是單手拿著相機和閃光燈，口袋裡塞滿一捲捲底片、閃光燈泡及鏡頭。馬丁・貝克以前在犯罪現場也看過這個人。

「錯了，」他對隆恩說，「看來是報社的人先到。」

這個小報攝影師上前跟他們打招呼，並在兩人走向門口時拍了張照。同報社的記者則站在台階底下，正在採訪一名巡警。

「早啊，警官。」記者一看到馬丁・貝克便說，「我應該是沒辦法跟你一起進去吧？」

馬丁・貝克搖搖頭，跟著隆恩一起拾階而上。

「至少讓我採訪幾句嘛！」記者緊迫盯人地說。

「稍後吧。」

馬丁・貝克說完便幫隆恩拉開門，關門時差點沒撞到記者的鼻子。那記者扮了個鬼臉。

警方的攝影師也到現場了，正揹著相機袋站在死者房外。走廊再過去一點，是那個怪名字醫生和第五分局派來的便衣探員。隆恩跟攝影師一起走進病房，讓攝影師開始工作。馬丁・貝克向走廊上那兩個人走去。

「怎麼樣？」他問。

同樣的老問題。

叫漢森的便衣搔搔脖子。

「我們跟這走廊上大部分病人都談過了，沒人看見或聽到任何動靜。我正在問烏克……烏克……問這位醫生，我們何時能跟其他病人談談。」

「隔壁房的人你問過了嗎？」馬丁・貝克問。

「問了，」漢森說，「而且所有病房都問過了。沒人聽見任何聲響，不過這種舊大樓的牆都很厚。」

「我們可以等他們到早餐時間。」馬丁・貝克說。

醫生沒講什麼，他顯然不會講瑞典文。一會兒後，他指著辦公室用英文說：「得走了。」

漢森點點頭，穿木底鞋的鬈髮醫生便咚咚地離去。

「你認識尼曼嗎？」馬丁．貝克問。

「稱不上認識，我沒在他的轄區工作過，不過我們常碰面，他在警界待很久了。十二年前我還是菜鳥時，他已經是刑事幹員。」

「你知道有誰跟他很熟嗎？」

「去克萊拉問問吧，」漢森說，「他生病之前就是在那區工作。」

馬丁．貝克點點頭，看向盥洗室門頂上的電子鐘。四點四十五分。

「我大概會過去看一下，」他說，「反正目前我在這裡也沒別的事可做。」

「去吧，」漢森說，「我會告訴隆恩你去哪兒。」

馬丁．貝克來到戶外深吸一口氣，沁涼的夜感覺清新而潔淨。記者和攝影師已經不見蹤影，但巡警還站在台階底下。

馬丁．貝克朝他點點頭，然後走向停車場。

•

過去十年來，斯德哥爾摩市中心改變甚鉅，整個地區夷平後重新建設，街道拓寬，公路四起。此舉的目的並不在打造一個利於人類生活的環境，而是極盡剝削土地的價值。城中心不僅有九成的樓房被拆除，更徹底改動了原有的街道設計，嚴重破壞天然地形。

斯德哥爾摩的居民悵然痛心地看著原本耐用又無可取代的老公寓一一被鏟平，換上難看的辦公大樓。他們無奈地目睹自己安居和工作的宜人環境被搗成瓦礫，不得不遷居遙遠的郊區。市中心變得震耳欲聾，幾乎全被工地堵死，而新的斯德哥爾摩便從中慢慢茁長，漸漸有了喧囂寬大的交通要道、嶄新的玻璃建築和鋼鐵大樓、硬實單調的水泥外貌，以及都市的荒漠冷寂。

在這狂亂的現代化過程中，城裡似乎只有警察局完全被忽略。所有市中心的警局建築都十分老舊，而且大多因警力逐漸擴張而變得擁擠不堪。馬丁・貝克正要前去的這間位於里潔林街的第四分局，空間不足的問題就非常嚴重。

馬丁・貝克在克萊拉警局前步下計程車時，曙光已開始展露，太陽就快升起了。天空不見一絲雲彩，看來今天雖冷，但天氣應該會相當晴朗。

他走上石階推開大門，右手邊是總機，目前無人，另一個櫃台後方站著一名灰髮的老警員。警員攤著早報，正趴著看報。見到馬丁・貝克進來，老警員坐直身體摘下眼鏡。

「是貝克警官啊，這麼早就在忙。我正在報上找是不是有尼曼組長的新聞，聽起來好像很恐怖。」他說。

他又把眼鏡戴上，舔濕大拇指，翻著報紙繼續說：

「他們好像沒來得及報導。」

「是啊，」馬丁．貝克說，「他們是來不及。」

斯德哥爾摩的早報近來早早就送印，也許在尼曼遇害之前就已經準備派報了。

馬丁．貝克走過櫃台進入值班室，裡面沒人，桌上放著早報、兩個塞爆的菸灰缸和幾只咖啡杯。他從偵訊室窗口看到值班警官正在盤問一名留著金色長髮的年輕女子。警官看到馬丁．貝克時，站起來跟女人說了幾句話，接著便走出小小的偵訊室，將門關上。

「嗨，」他說，「你要找我嗎？」

馬丁．貝克在桌邊坐下，將菸灰缸拿到面前，然後點了根菸。

「我沒有特定要找誰，但你有幾分鐘空檔嗎？」他說。

「請等一下好嗎？」警官說，「我把這女的轉給刑事組。」

他一溜煙跑掉，幾分鐘後跟一名巡警回來，從桌上拿起一只信封交給巡警。那女人起身把皮包甩到肩上，快速地朝門口走去。

「走吧，小夥子，」她頭也不回地說，「咱們去兜兜風。」

巡警看看警官，警官聳聳肩，一臉覺得好笑。巡警戴上帽子，跟在女的後面出去了。

「她好像把這兒當她家。」馬丁・貝克說。

「是啊，這不是她第一次進來，當然也不會是最後一次。」

警官在桌邊坐下，動手把菸斗裡的餘灰清到菸灰缸裡。

「尼曼的遭遇太慘了。究竟是怎麼回事？」

馬丁・貝克大致說了一下情形。

「唉，下此毒手的人也太喪心病狂，但為什麼會挑上尼曼？」

「你認識尼曼吧？」馬丁・貝克問。

「不是很熟。他不是會跟別人深交的人。」

「他是被特別指派到這裡的吧？他是什麼時候來第四分局的？」

「他們三年前在這裡給了他一間辦公室，那是一九六八年二月的事了。」

「他為人怎麼樣？」馬丁・貝克問。

警官將菸斗填滿，點燃後才開始答話。

「我真的不知道該怎麼形容，我想你也認識他吧？很有企圖心，滿頑固的，沒啥幽默感，觀念也很保守。年輕同事雖然跟他沒什麼接觸，不過都有點怕他。尼曼很嚴厲，但我剛也說了，我其實對他認識不深。」

「他在這局裡有沒有交情好的朋友？」

「在第四分局這兒倒沒有，他跟我們的幹員處得不好，其他我就不知道了。」

警官想了一會兒，然後以一種神祕兮兮的古怪眼神看著馬丁．貝克。

「嗯……」他說。

「怎麼了？」

「我想他在總部應該還有朋友吧？」

馬丁．貝克沒回答，反倒問了另一個問題。

「那麼，敵人呢？」

「不曉得，也許有吧。不過在這邊應該沒有，就算有也不至於想置他於……」

「你知道他有沒有遭人威脅？」

「不知道，這種話他不會對我透露，而且……」

「而且什麼？」

「而且尼曼這種人不可能容許別人威脅他。」

偵訊室裡的電話響了，警官進去接電話。馬丁．貝克走過去，手插口袋站在窗邊。警局裡很安靜，唯一的聲音是警官的電話對談，以及總機老警員的乾咳聲——也許樓下的緝捕小組會比較忙。

馬丁・貝克突然覺得好累，眼睛因缺乏睡眠而痠疼不已，喉嚨也因抽了太多菸而乾到不行。

看來這通電話會講很久，馬丁・貝克呵欠連連地翻著早報，看看頭條新聞，偶爾瞄一眼照片解說，不過都沒讀到心上。最後他闔上報紙，走到偵訊室敲敲窗。還在電話中的警官抬起頭，馬丁・貝克示意自己要走了，警官揮揮手，繼續講電話。

馬丁・貝克點起另一根菸，心不在焉地想著，從昨天凌晨到現在的將近二十四小時裡，這應該是他的第五十根菸了。

10.

如果你真想被抓，那就去殺警察。

這個法則放諸四海皆準，尤以瑞典為甚。瑞典的犯罪史上有許多懸而未決的謀殺案，但當中無一涉及殺警。

只要有同事遇害，警方辦起案來就似乎有如神助。平時抱怨的人力不足、援助短缺等問題突然都不見了，他們可以火速動員幾百名人力，來調查一件通常最多由三、四人承辦的案子。

在警察頭上動土的人，最後一定會被繩之以法。倒不是因為社會大眾跟英國或社會主義的國家一樣，力挺這批捍衛法律秩序的人民保姆，而是因為這批警察首長的私人軍隊突然知道自己要什麼了，更有甚者，還要得非常迫切。

馬丁・貝克站在里潔林街上，享受清晨的舒涼。

他沒帶槍，但外套右口袋裡有一封警政署的信函，那是近期一份社會學研究的影本，他昨天才在辦公桌上看到。

警方對社會學家很有意見——尤其是在近幾年他們開始大量研究警察的活動及態度問題之後——警界高層對他們的報告總是抱持極大懷疑。也許那些高官發現了，光是給那些搞社會學的人扣上共產黨或破壞份子的帽子，很難讓自己站得住腳。

社會學家還有什麼事幹不出來！莫姆督察最近才憤憤地破口罵說。莫姆算是馬丁・貝克的長官。

也許莫姆說得對。社會學家什麼點子都有，例如，他們宣稱分數只要到達及格邊緣，就可以進警校就讀，而且斯德哥爾摩巡警的平均智商已經掉到九十三。

「胡說八道！」莫姆怒斥，「根本亂扯！咱們的智商再低，也不會比紐約警察還差！」

莫姆剛剛從美國考察回來。

馬丁・貝克口袋裡的那份報告提出了幾項有趣的新發現，證實警務工作未必比其他職業危險，許多職業的風險反而比警察還高。建築和伐木工人的工作風險就高出很多，更不用提碼頭的裝卸工、計程車司機或家庭主婦了。

但一般人普遍認為警察工作的危險性特別高，特別辛苦，而且薪資偏低。沒錯，大家確實這麼想，但那是因為其他職業扮演的角色不像警察那麼定型，或是每天都得經歷同等的戲劇性遭遇。

報告中的數據指證歷歷，像是跟每年遭警方凌虐的人數相比之下，警員受傷的人數簡直無足輕重，諸如此類的比較。

如此情形不單見於斯德哥爾摩，以紐約為例，殉職警察是每年平均七名，計程車司機是每月兩人、家庭主婦一週一人，而失業人士則是平均一天一人。

對這些討厭的社會學家來說，沒有什麼是值得尊重的。有一組瑞典社會學者甚至還拿英國警察開刀，說因為英國警察沒有配槍，所以才沒像其他國家的警察一樣煽動暴力，所以他們也不必太得意。就連丹麥當局也發現了這項事實，因此警察只有在特殊情況下才獲准攜槍。

不過斯德哥爾摩的情形就不同了。

馬丁．貝克昨天看著尼曼的屍體時，突然開始思考這個研究報告。

現在他又在想那份報告了。馬丁．貝克發現，該研究的結論相當正確，而且荒謬的是，他覺得那些結論跟他目前接管的這起謀殺案在某種程度上有關聯。

當警察不危險，會造成危險的其實是警察，而且他不久前才看過一具遭屠殺的警屍。

馬丁．貝克發現自己的嘴角竟然開始抽搐，有那麼一會兒，他好想坐在里潔林街的台階上放聲大笑。這整件事實在太荒謬了。

他突然想到，自己最好回家拿槍。

那把槍，他已經一年多瞧都沒瞧一眼了。

一輛空計程車從史提勒廣場駛來。

他揮手將車攔下。

那是一輛Volvo，黃色車身兩邊塗著黑色條紋。以前的舊規定是所有斯德哥爾摩的計程車全得漆成黑色，這規定最近才放寬。馬丁・貝克坐進前座的司機旁邊位子。

「科曼街八號。」他說。

話才說完，馬丁・貝克便認出司機，是那種會在下班時間開車賺外快的警員。馬丁・貝克會認出他純屬巧合。幾天前，他在中央車站外看到兩個笨警察，把一個年輕的酒醉駕駛從心平氣和搞到暴跳如雷，最後兩人自己也失控了。眼前這位司機就是兩名笨警察之一。

他年約二十五，極為饒舌。

這人大概是天生多嘴，加上他的正職不容他亂發牢騷，因此就把牢騷全拿進車子裡往客人身上倒。

一輛衛生局的掃灑車暫時擋住了他們的去路，兼差的巡警煩躁地看著一幅電影看板，那是李察・艾登保祿*的《瑞靈頓街十號》。

「瑞靈頓街十號？」他以某種方言口音說，「那爛片有啥好看，還不就殺來殺去，淒慘落魄，一群瘋子嘛，無聊得要死。」

馬丁．貝克點點頭。這位巡警顯然沒認出長官，以為他點頭是表示贊同，隨即又口若懸河地說：

「你知道嗎，這些問題全都是那些死老外搞出來的。」

馬丁．貝克沒說話。

「不過也不能一竿子打翻一船人啦，那樣可就不對了。比如啊，跟我合開這台車的就是個葡萄牙人。」

「哦？」

「是啊，全世界找不到比他更好的人了，人家工作努力又老實，而且開車技術一流！你知道為何嗎？」

馬丁．貝克搖搖頭。

「呦，因為他在非洲開了四年坦克。葡萄牙在有個叫安哥拉的地方打解放戰，人家在那邊為了自由打得你死我活，可是瑞典這邊什麼都不知道。這傢伙，就是我剛說的那個，四年裡起碼打

＊　李察．艾登保祿（Richard Attenborough, 1923-2014），英籍導演、演員，拍過《甘地傳》享譽全球。

死了幾百個共產黨。你在他身上還真能看到軍人鋼鐵般的紀律咧。人家工作一絲不苟給你做好，賺的錢比我認識的人都多。就算載到喝醉酒的芬蘭人，錢一毛也不會少賺。那些領社福的遊民越來越多了。」

幸好車子這時到了馬丁・貝克住處的大樓外，他要司機等等，讓他上樓回公寓一下。

那把七點六五釐米的威瑟槍就擺在上鎖的書桌抽屜裡，彈匣則放在另一間房裡的上鎖抽屜。他裝妥彈匣，將另一盒塞進外套右袋，接著翻找了五分鐘，才在衣櫃一堆舊領帶和T恤中找到插槍用的肩套。

馬丁・貝克回到街上，多話的巡警司機正靠在黃色計程車邊愉快地哼著歌。他客氣地打開車門，坐上駕駛座，正想開口接續話題時，卻被馬丁・貝克打斷了。

「請到國王島街三十七號。」他說。

「可是那裡是……」

「沒錯，是刑事組，麻煩你走史克邦街過去。」

司機立刻漲紅臉，一路上半句話都不敢吭聲。

隨他怎麼說吧，馬丁・貝克心想。斯德哥爾摩再有不好之處，他還是深愛著這座城市。此時此刻也許是這座城市一天當中最美的時段，朝陽映射在斯多曼河上，水面舒緩而平靜，全然感受不到都市的人口密集與雜亂。他年輕時——事實上，一直到不久前——都還能在河裡游泳。城市碼頭邊有艘舊貨運汽船，船上有高直的排氣管，主桿上是黑色的桅木。這年頭已經不太看得到這種東西了。一艘早班渡船行過水面，船首頂出片片小小的浪花。馬丁．貝克注意到煙窗全都燻黑了，船身側的名稱也被白漆蓋去，但他還是看得出上面寫著「笛卡五號」。

「需要收據嗎？」司機低著聲音在警局門外問道。

「要，謝謝。」

馬丁．貝克走進凶殺組辦公室，看了一些文件，打了幾通電話，然後寫點東西。

一小時後，他整理出尼曼的生平概略，一開始是這樣寫的：

史提格．奧斯卡．艾米爾．尼曼

一九一一年十一月六日生於塞佛

父：奧斯卡．亞布拉罕．尼曼，伐木工工頭。母：凱琳．瑪莉亞．尼曼，娘家姓魯葛森

教育：在塞佛上兩年小學，兩年初級學校，在亞曼上五年二級中學。

一九二八年進入職業步兵團。士官學校一九三〇年一等兵，一九三一年下士，一九三三年任巡佐。士官學校。

尼曼畢業後便成為警官，一開始在瓦恩地擔任副警長，而後在斯德哥爾摩當上一般警員。三

〇年代大蕭條時期，尼曼的軍事背景大受青睞，因而快速獲得陞遷。

二次大戰之初，尼曼重披軍袍，爾後得到晉陞，並且接獲許多奇怪的特殊任務。戰爭後期，他被調到卡斯勃，一九四六年轉到後備部隊，一年後又重回斯德哥爾摩警界服務，擔任巡佐。

馬丁·貝克看到他一九四九年時的履歷，尼曼那時已經是副組長，幾年後便擔任轄區的組長職務。

尼曼在不同時間曾調到市裡不同轄區任職，中間偶爾因特殊任務而調回亞聶街的總局。他大半生都在軍警界服務，長久以來仕途平順，一直擔任警界高層。

只是礙於環境，才無法更上層樓，成為常任的首都刑事組長。

什麼環境？

馬丁·貝克知道答案。

五〇年代末期，斯德哥爾摩警方進行重整，開始採納新的領導風格與新風氣，軍式思維不再流行，反動的想法也不再珍貴。總部的變革多少對轄區造成影響，陞遷不再自動輪替，有些循例也在民主意識抬頭的氣氛中消失了，許多人的仕途之路因此走到盡頭，看不到前程何在，尼曼便是其中之一。

馬丁·貝克覺得，六〇年代前半期是斯德哥爾摩警政歷史中極為光輝璀璨的一段；一切似乎都在進步，僵化與結黨結派的歪風有望被合理的判斷取代，人員的招募擴大，就連與百姓的關係也在改善當中。然而，一九六五年國家化之後，這種良好風氣便中斷了，從此好景不再，所有善意的主張全被束諸高閣。

然而對尼曼來說，這一切來得太遲，他最後一次掌管轄區幾乎已是七年前的事。那時他的工作內容主要是民防工作。

他維護紀律的能力口碑絕佳，而且六〇年代末期常有大型示威活動，警方常得頻頻向這位專家請益。

馬丁．貝克搔搔頸背，看著自己寫的幾行筆記。

一九四五年結婚，子女二名，女兒安妮洛特生於一九四九年，兒子史提芬生於一九五六年。

因病於一九七〇年提早退休。

他拿起原子筆寫道：

一九七一年四月三日死於斯德哥爾摩。

馬丁．貝克前後又讀了一遍，看看時鐘，六點五十分。

他心想，不知隆恩那邊進行得如何了。

11.

這座城市慵懶地漸漸甦醒。

剛瓦德．拉森也一樣。他醒來後邊打著呵欠，邊伸懶腰，毛茸茸的大手往鬧鐘上一按，掀開毛毯，兩條毛腿晃到床外。

拉森披上浴袍，套好拖鞋，走到窗邊看看天候。天氣乾爽晴朗，氣溫三十七度。他住的這片郊區叫波莫拉，這一帶林子裡有幾棟很高的公寓大樓。

拉森照著鏡子，鏡裡是個壯碩的金髮男子，身高仍是六呎二吋半沒變，但現在已經胖到兩百三十磅了。他每年都在增重，白色絲袍下已不再是精實的肌肉，不過他的身形還不算走樣，而且感覺比以前更強壯。拉森盯著簇眉之下那對漂亮的藍眼幾秒鐘，然後用手指把金髮梳到後邊，張嘴檢查一口牢實的大牙。

他從信箱郵遞口抽出早報，走到廚房準備早餐。他泡了茶——Twingings的愛爾蘭早餐茶——烤吐司，然後水煮兩顆蛋。他拿出奶油、一些切達起司，以及三種不同口味的蘇格蘭果醬。

他邊吃早餐，邊翻看報紙。

瑞典隊在世界曲棍球冠軍盃賽的表現一塌糊塗，經理、教練和球員公然互相指責，運動精神蕩然無存。瑞典電視界也是鬥爭不斷，中央管理階層無所不用其極地干預各新聞頻道。

拉森心想，啥事都要管的資本主義社會，最愛幹這種電檢審查的事。

報上最大的一條新聞是：「讀者有機會為三隻史肯森的熊寶寶命名」。一篇軍方研究報告指出，四十歲的後備軍人體能狀態比十八歲的新兵好，不過這消息擺在極不起眼的地方。在沒人要看的文化版裡則有篇關於非洲羅德西亞的報導。

拉森讀這這篇報導，邊喝茶、吃蛋、啃了六片吐司。

拉森沒去過羅德西亞，但非洲、獅子山共和國、安哥拉和莫三比克倒是去過許多次。當時他曾是船員，已經知道自己想幹什麼。

他吃完飯、洗好餐具，把報紙扔進垃圾桶。由於今天是週六，鋪床前他會先將床單換掉，然後仔細選妥今天要穿的衣服，整齊地擺到床上，脫下浴袍睡衣，淋浴。

拉森將自己的單身公寓打理得很有品味。家具、地毯、窗簾，從白色義大利製皮拖鞋到旋轉式諾曼地彩色電視，無一不是最高品質。

拉森是斯德哥爾摩制暴組的偵查員，他不可能再往上爬了；老實說，他沒被炒魷魚已經算是奇蹟。警局同事覺得這個人很怪，而且幾乎沒有人喜歡他。他自己不僅厭惡身邊的同事，還討厭自己的家人和他那上流社會的身家背景。拉森的手足當他是家族之恥，因為他老是唱反調，而且更重要的是，因為他是警察。

沖澡時，拉森心裡想著，不知道自己今天還能否活下去。這沒什麼好觸霉頭的。打從八歲起，他每天早上刷著牙準備心不甘情不願地去上學時，都會想到同樣的問題。

•

柯柏躺在床上做夢。那不是什麼美夢，他以前就夢過，當他全身沁汗地從惡夢中醒來時，會對葛恩說：「抱我，我剛做了一個好可怕的夢。」

和他結縭五年的妻子葛恩此時便會攬住他，讓他立刻忘掉一切。

在夢裡，他的女兒波荻在五層樓高的窗口邊，他想跑到女兒身邊，雙腿卻不聽使喚，只能看著女兒慢動作似地從窗口慢慢往下掉，同時尖叫著對他揮著手。柯柏拚命想抓住女兒，肌肉卻完全動彈不得，只能眼睜睜看女兒一路尖叫、墜落。

他驚醒了，惡夢中的尖叫變成鬧鐘的鈴響，當他抬起頭時，看到波荻就跨坐在他腿上。

小女孩正在看《貓咪遊記》。其實她才三歲半，還不會讀書，但這個故事葛恩和柯柏不知已為她唸了多少遍，三個人都已經能倒背如流了。柯柏聽到女兒自顧自地低聲唸道：

「有個小老頭長著藍色大鼻子，全身穿著白色棉衣。」

柯柏關掉鬧鐘，波荻立刻停下來，用稚嫩的童音高嚷：「嗨！」

柯柏轉頭看著葛恩。葛恩還沒醒，被子蓋到她的鼻尖，太陽穴旁的黑髮微濕。柯柏用手指輕碰自己的雙唇。

「噓，」他低聲說，「別吵醒媽咪，還有，不可以坐爸爸腿上，會痛。過來躺這裡。」

他挪出空間讓孩子鑽到他和媽媽的被子間，波荻把書拿給他，然後把頭靠到爸爸腋彎裡。

「唸啦！」她命令說。

柯柏把書放到一旁。

「不行，現在不行。」他說，「你去拿報紙了嗎？」

小女孩從他肚子爬過去，撿起落在床邊地板上的報紙。柯柏邊唉喲邊感嘆地把女兒抱起來，放回他和老婆之間，而後打開報紙閱覽。他一口氣讀到第十二版的國際消息，波荻這時插嘴了。

「爸比？」

「嗯。」

「尤書亞好壞好壞喔。」

「嗯。」

「他把布布拿下來抹牆，整片牆喔。」

柯柏放下報紙，再度嘆氣。他下床走到育兒室，快滿一歲的尤書亞正站在嬰兒床裡，他一看到爸爸，就放開扶欄，一屁股坐到枕頭上。波荻說得一點都不誇張。

柯柏把兒子夾在臂彎下，帶進浴室用蓮蓬頭大肆清洗，再拿毛巾將他裹好，走回房間放到仍在睡夢中的葛恩身旁。他把被單和睡衣洗好，清理嬰兒床和壁紙，然後拿片乾淨的尿布和防水褲。這期間，波荻在旁邊跟前跟後，她好高興這次爸爸是在氣弟弟，而不是在生她的氣，因此不時跟著敲邊鼓地數落弟弟的不是。柯柏清理完畢之後已是七點半，再睡回籠覺也沒意思了。

他的心情在他一走進臥室後便開始好轉。葛恩醒了，正在逗尤書亞玩。她曲膝把兒子抱在手裡，讓孩子在她腿上玩雲霄飛車。葛恩是個迷人、漂亮、智性與幽默兼具的女人，是柯柏想要的夢中情人。雖然柯柏一生交過不少女友，但到了四十一還是光棍，當時他對結婚一事已不抱期望。葛恩比他小十四歲，但所有的等待都是值得的。他們的關係從一開始就很單純、親密而直接。

葛恩對他微微一笑，抱起咯咯笑個不停的兒子。

「嗨，」她說，「你已經幫他洗過澡啦？」

柯柏把方才的慘事說了一遍。

「可憐的老公，過來躺一下吧。」她瞥了一眼時鐘，「還有時間嘛。」

其實柯柏已經沒時間了，不過他很容易被老婆說服，便順勢躺下來，將手臂枕到葛恩頸下。可是沒一會兒他又爬起來，把尤書亞放到床墊上。床墊已經乾得差不多，他幫兒子包好尿片，套上絨布連身衣，在嬰兒床裡扔了幾個玩具，然後回到葛恩身邊。波荻還坐在客廳地毯上玩她的玩具。

一會兒後，波荻跑進來看著夫妻倆。

「騎馬馬，」她高興地說，「爸比當馬。」

她想爬到爸爸背上，不過被她爸爸趕走並關上門。之後兩個小孩就很久沒來吵他們了。兩人親熱完後，柯柏在妻子的懷裡再度睡去。

柯柏在過街取車時，史卡瑪布林地鐵站的鐘已指著八點二十三分。柯柏上車前轉身對站在廚房窗口的葛恩和女兒揮揮手。

他不必開進城裡走瓦斯貝加大道，如果繞道渥斯塔和杜松稜市，可以避開最會塞車的路段。

柯柏邊開著車，邊以口哨大聲吹著愛爾蘭民謠，曲調荒腔走板。

陽光晴和，空氣中飄著春息，花園裡的番紅花跟伯利恆之星正在盛開，柯柏的心情好極了。今天要是運氣好，就能早早收工，乾脆下午就溜回家算了。葛恩要去Arvid Nordquist*買些好東西，等孩子們睡了之後，他們再一起共餐。結婚五年，他們還是覺得兩人一起在家煮頓好飯，坐下來慢慢吃飯、喝酒聊天，是歡度夜晚的最佳方式。

柯柏酷好美食佳釀，幾年下來，肚子也多了一小圈肥肉，不過他喜歡稱之為「中厚」。若是你以為變胖會讓他身手變得遲鈍，那可就大錯特錯。柯柏的動作依然矯健，身手靈活，當年在傘兵部隊裡學得的本領和技巧一項也沒忘。

他不再吹口哨，轉而開始思索一個這幾年來心中一直在盤算的問題。他越來越不喜歡自己的工作，很想辭職。這問題本來就不好解決，加上他去年升為副組長，加了薪，問題也就更麻煩了。一個四十六歲的警局副組長很難更換跑道，找到同樣高薪的職缺。葛恩一直要他別考慮錢的事，反正孩子漸漸大了，她可以重返職場。而且過去四年在當家庭主婦的同時，她也一直在進修，多學會兩種語言，薪水一定會比之前高出許多。波荻出生之前，葛恩是一家公司的執行祕

* Arvid Nordquist是瑞典的精緻食材店，創業於一八八四年。

書，所以只要她願意，隨時能找到待遇不錯的工作。不過柯柏不希望老婆為家計奔波，除非她自己真的想工作。

而且，他無法想像自己當「家庭主夫」的模樣。

柯柏天生有點懶，不過他需要有點事做，生活必須有點變化。

當車子駛進警局時，他想起馬丁・貝克今天沒班。

這表示我得在局裡待上一整天了，柯柏心想。還有，這表示我找不到半個有腦袋的人可以說話。他的心情立刻跌到谷底。

為了提振自己的士氣，他在等電梯時又吹起了口哨。

12.

柯柏連外套都來不及脫，電話就響了。

「喂，我是柯柏……什麼？」

他站在凌亂的辦公桌邊，茫然看著窗外。從愉快的家居生活切換到醜惡的警察工作，對柯柏來說並不容易，至少他沒辦法像馬丁．貝克那樣輕鬆自如地調整。

「怎麼回事……好，告訴他們我馬上過去。」

柯柏又去開車，這回塞車塞定了。

他在八點四十五分抵達國王島街警局，將車停在外面的空地上。柯柏剛下車，剛好看見剛瓦德．拉森準備駕車離去。

兩人互相點了個頭，但沒交談。他在走廊上遇到隆恩。

「你也來啦。」隆恩說。

「是啊，怎麼回事？」

「有人砍了尼曼。」

「砍了？」

「是啊，用刺刀。」隆恩悲傷地說，「在薩巴斯山。」

「我剛剛看到拉森。他就是要去薩巴斯山嗎？」

隆恩點點頭。

「馬丁呢？」

「在米蘭德的辦公室。」

柯柏仔細盯著隆恩。

「你看起來快掛了。」

「我是快不行了。」隆恩說。

「怎麼不回家睡覺？」

隆恩無奈地看了他一眼，然後穿廊而去。他手裡拿著一些文件，看來應該是還有工作得處理。

柯柏敲了一下門，然後走進去。正在埋頭看筆記的馬丁·貝克連頭都沒抬。

「嗨。」他說。

「隆恩是在說什麼？」

「這兒，你自己看。」

馬丁．貝克將兩張打好的紙遞給柯柏，柯柏在桌邊坐下開始讀。

「如何？」馬丁．貝克問。

「我覺得隆恩的報告寫得很爛。」柯柏說。

他說得十分沉靜而嚴肅。五秒後，他又表示：

「看起來很恐怖。」

「你說得對，」馬丁．貝克說，「我也這麼想。」

「現場情形如何？」

「難以想像的糟。」

柯柏搖搖頭，他大概想像得到是怎麼回事。

「我們最好盡快逮到這傢伙。」

「你又說對了。」馬丁．貝克表示。

「我們手上有什麼？」

「有一些線索。我們找到幾枚腳印，也許還有些指紋。沒人聽到或看見任何動靜。」

「聽起來不太妙，」柯柏說，「那得花點時間追查，而且這傢伙很危險。」

馬丁・貝克點點頭。

隆恩小心地敲敲門，然後進房。

「目前還沒查出來，」他說，「我是說指紋。」

「指紋一點用處都沒有。」柯柏說。

「還有一枚很清楚的腳印，」隆恩訝異地說，「大概是靴子或厚重的工作鞋。」

「那也沒什麼用——」柯柏說，「你別誤會我的意思，腳印以後也許會是很重要的物證，但目前的當務之急是先抓到殺害尼曼的兇手，之後再來定他的罪。」

「聽起來好像不太合邏輯。」隆恩說。

「沒錯，但先別管這個啦。我們還有別的幾個重要線索。」

「是，我們有凶器，」馬丁・貝克沉思道，「一把舊的卡賓槍刺刀。」

「還有動機。」柯柏說。

「動機？」隆恩問。

「是啊，」柯柏說，「八成是為了報復，這是我們唯一能想到的動機。」

「不過，如果是為了報復……」

隆恩沒把話說完。

「那麼殺害尼曼的兇手，很可能也在計劃對別人進行報復。」柯柏表示，「因此……」

「我們得盡快將他繩之以法。」馬丁・貝克說道。

「沒錯。你有什麼看法嗎？」柯柏問。

隆恩悶悶地看著馬丁・貝克，後者則望著窗外。柯柏皺眉看著兩人。

「等等，」他說，「你們有沒有想過一個問題：尼曼是誰？」

「他是誰？」

隆恩被問得一頭霧水，馬丁・貝克則沉默不語。

「沒錯。尼曼是誰？或者問得更切中要點，尼曼是什麼樣的人？」

「是警察。」馬丁・貝克終於說道。

「這個回答案並不完全。」柯柏說，「說呀，你們兩個都認識他，尼曼是個什麼樣的人？」

「他是個刑事組組長。」隆恩嘟噥說，

接著，他不知所以地眨眨眼。

「我得去打幾通電話。」他找了藉口開溜。

隆恩關上門時，柯柏說了：「怎麼樣，尼曼是什麼樣的人？」

馬丁・貝克直視柯柏，不甚情願地說：「他是個壞警察。」

「錯了，」柯柏表示，「聽好了，尼曼是最惡劣的壞警察，是狗娘養出來的最低等人渣。」

「這話是你說的，我可沒講。」馬丁・貝克說。

「是我說的，但你不得不承認我說得沒錯。」

「我對他認識不深。」

「少在那邊顧左右而言他，至少你知道他是個爛人吧？隆恩當過他的部屬，不方便多說，但你他媽的是有什麼好客氣的？」

「好啦好啦，」馬丁・貝克說，「我聽到的傳言對他都沒什麼好話，不過我從來沒和他共事過。」

「你還是沒說出重點，」柯柏說，「尼曼那個人根本不可能跟別人共事，你只能聽命於他，按他的意思辦事。當然了，如果你是他長官，還是可以支使他，但尼曼根本不會甩你。」

「聽起來你好像比尼曼的爹還懂他。」馬丁・貝克挖苦地說。

「是啊，我知道一些你們都不知道的事，不過我待會兒再提這個。首先，咱們先講清楚，尼曼是個奇爛無比的混帳警察，警界的頭號敗類。我以跟這種人在同一個城市、同一段時間服務為恥。」

「這麼說，很多人都應該覺得可恥？」

「沒錯，不過有羞恥心的人不多。」

「倫敦每個警察也應該以徹雷諾*為恥囉？」

「你又說錯了，」柯柏表示，「徹雷諾跟那他幾名爪牙雖然胡作非為，但最後還是受到了審判，那表示警界還是不容許警員無法無天。」

馬丁．貝克若有所思地揉著太陽穴。

「可是尼曼從沒挨告過，為什麼？」

柯柏得回答自己的提問：

「因為大家都知道，指控警察是沒有用的。一般大眾根本無力與警察對抗，如果連一名普通巡警都告不贏，去告個刑事組長豈不是死定了？」

「你太誇張了。」

「才沒有，馬丁，我毫不誇張，這點你也清楚得很。問題就在於警察彼此之間團結慣了，這個圈子習慣官官相護。」

「保持團結對外的態度，對警務工作很重要，」馬丁．貝克說，「向來都是這樣。」

＊徹雷諾（Harold Challenor），六〇年代一位對黑人懷有種族歧視而惡名昭彰的英國巡警。

「最怕的是不久後就只剩這樣。」柯柏吸了口氣，繼續說道。「好吧，警察確實是團結一致對外，可是，到底是對哪個外？」

「哪天要是有人能回答這個問題——」

馬丁・貝克的話只說到一半，柯柏便下結論說：

「你我都看不到那一天的。」

「這些跟尼曼有什麼關係？」

「大有關係。」

「怎麼說？」

「尼曼人都死了，沒必要替他辯護。兇手也許真的瘋了，這對他和別人都很危險。」

「你的意思是，我們可從尼曼的過去追查兇手？」

「沒錯。兇手一定跟尼曼的過去有關。你剛才的比喻還不賴。」

「什麼比喻？」

「拿他跟徹雷諾相比。」

「徹雷諾的事我不清楚，」馬丁・貝克冷淡地說，「也許你知道？」

「不，沒有人知道，不過我知道有很多人受他欺凌，還有很多人受到心存定見的警察之害，坐了很久的冤獄，但警察的長官或下屬卻沒有人仗義直言。」

「他們的長官是因為護短，」馬丁．貝克說，「屬下則是因為害怕丟了工作。」

「更糟糕的是，有些下屬還以為警界作風就是這樣，根本不知道還有其他作法。」

馬丁．貝克起身走到窗邊。

「告訴我尼曼有哪些事是別人不知道，但你知道的。」他說。

「尼曼的職位能直接指揮許多年輕警員，基本上他可以為所欲為。」

「那已經是很久以前的事。」馬丁．貝克說。

「也沒那麼久，不過當今警界有許多人都是他調教出來的。你知道那表示什麼嗎？長年下來，許多年輕警員都給他帶壞了，執行警務的心態一開始就是扭曲的，許多人甚至以他為榜樣，希望有朝一日也能像他那樣橫行霸道。你明白嗎？」

「明白，」馬丁．貝克無奈地說，「我懂你的意思，你不必一直講這個。」

他轉頭看著柯柏。

「但那不表示我相信你的話。你認識尼曼嗎？」

「認識。」

「你在他手下做過事嗎？」

「有。」

馬丁・貝克揚起眉毛。

「什麼時候的事？願聞其詳。」他狐疑地說。

「塞佛來的壞胚子……」柯柏自言自語。

「那是什麼東西？」

「塞佛來的壞胚子。我們以前都這樣叫他。」

「『我們』是誰？」

「二次大戰期間，我們在軍隊裡都這樣稱呼他。我有很多本事都是從尼曼身上學來的。」

「比如？」

「問得好。」柯柏說得心不在焉。

馬丁・貝克好奇地打量著他。

「比如什麼，萊納？」他低聲問。

「比如如何把豬的老二割掉，又不讓豬亂叫；如何把同一隻豬的腿切斷，讓牠還是不會亂叫；如何挖掉牠的眼珠，最後再將牠千刀萬剮，剝皮斷骨，結果還是能讓牠不發出半點聲響。」

柯柏打了個寒顫。「你知道怎麼做嗎？」柯柏問。

馬丁·貝克搖搖頭。柯柏說：

「很簡單，一開始先把豬的舌頭割掉就可以。」

柯柏看著窗外對街屋頂上青冷的藍天。

「噢，他教的可多了。如何在羊咩咩叫之前先用鋼弦割斷牠的咽喉；如何對付一隻跟你關在一起的野貓；如何對一頭牛咆哮，然後把刺刀捅進牛肚；如果你吼得不夠狠，就得揹磚塊在訓練塔的梯子上來回爬五十趟。對了，他不准你把野貓殺掉，因為野貓還得留著用。你知道要幹什麼用嗎？」

「不知道。」

「用刀穿過貓皮，把牠釘在牆上。」

「你以前是傘兵，對吧？」

「是的，尼曼正是我的徒手搏擊訓練官。除此之外，他還讓我知道了埋在現宰的動物內臟堆裡是什麼感覺；教我吃掉自己吐在防毒面具裡的穢物；還有吞下自己的排泄物，以免留下痕跡。」

「當時他是什麼官階？」

「中士。他教的很多東西在課堂上都不可能學到，例如如何打斷人的手腿、擊碎咽喉，或是用大拇指挖出眼珠。這些事只能靠對活體動手學會，而羊和豬都很容易取得。我們還在不同的動物身上試驗火藥，尤其是活豬。當年可不像今天，還會先為小豬麻醉。」

「那算正常的訓練嗎？」

「我不知道，你所謂正常訓練的定義是什麼？那種事能算正常嗎？」

「大概不能。」

「就算為了某種可笑的理由，讓你覺得那些是必要的訓練，你也未必能甘之如飴。」

「沒錯。你的意思是尼曼相當樂在其中？」

「應該是，而且他把這套東西傳授給許多年輕人，讓他們享受殘酷暴力的快感，吹噓自己的獸行。有些人就是想得出這種事。」

「換言之，他是個虐待狂。」

「而且是箇中翹楚，他自稱這是『硬漢』的表現。尼曼天生鐵石心腸。他認為真正的男子漢，最重要的就是要狠心，不管是在心理或生理上。他總是鼓勵大家欺凌弱小，說那是軍訓教育的一環。」

「那未必表示他就是虐待狂。」

「他這種特質表現在很多地方。尼曼嚴格要求紀律。維持紀律是一回事，但如何施予處罰又是另一碼事。尼曼每天會找一個或幾個人的麻煩，挑剔鈕釦掉了之類的芝麻小事，被逮到的人一定得做選擇。」

「選擇什麼？」

「往上呈報，或是挨一頓打。往上呈報得蹲三天禁閉，再記上一筆不良服役記錄，所以大部分人都選擇挨打。」

「挨打有哪些花樣？」

「我只被逮過一次，那次我週六歸營遲到，攀牆進去，結果被尼曼當場活逮。我選擇挨打。我的情形是，嘴裡咬塊肥皂立正站好，任他用拳頭打斷我兩根肋骨。之後他賞了我一杯咖啡和一塊蛋糕，而且告訴我，他認為我可以成為真正的硬漢，成為頂天立地的軍人。」

「然後呢？」

「戰爭一結束，我就想辦法趕快離開部隊，後來就跑到這兒當警察。誰知道一入行便碰見尼曼，當時他已經在當巡佐。」

「你的意思是，他在警界也沿用同樣的行事風格？」

「也許不盡然相同，否則他也沒辦法輕易脫身。不過他也許習慣對屬下和被捕的犯人凌辱施暴吧。我這些年來就聽過各種傳言。」

「應該有人去告過他吧？」馬丁・貝克凝思道。

「我相信一定有，但由於官官相護，我相信這些報告都被銷毀，屍骨無存地丟進垃圾桶裡了。所以我們在這裡找不到任何線索。」

馬丁・貝克突然靈機一動。

「可是受到嚴重凌虐的人，一定有人一狀告進政風處吧。」

「沒用的，」柯柏說，「尼曼這種人一定會設法找警員幫他背書，說他什麼也沒做。那些年輕警察要是膽敢拒絕，就會死得很難看。至於那些已經被教壞的，只會認為自己不過是盡忠職守。警界之外的人想動一個刑事組長的汗毛，門兒都沒有。」

「確實沒錯。」馬丁・貝克說，「但政風處就算沒採取行動，也不至於把報告丟掉，最後還是會歸檔吧。報告應該都還在那兒。」

柯柏緩緩說道：「你這想法倒是不錯，算你說得對。」

他想了一會兒。

「要是我們能有個公務員審核部門，負責記錄所有警員違法犯紀的案子就好了。可惜瑞典沒這種機關。不過，政風處也許能給我們一點線索。」

「還有凶器。」馬丁・貝克說，「卡賓槍刀一定是從陸軍流出，這種東西不是人人都能取得。我讓隆恩去查。」

「好吧。然後帶隆恩跟你一起去政風處找檔案。」

「那你呢？」

「我想先過去看看尼曼，」柯柏說，「當然，拉森已經在現場，不過無所謂，我是自個兒想去的。我想知道自己會有什麼反應。也許會吐吧，但至少現在沒人會逼我吃下自己的穢物。」

馬丁．貝克看起來不再那麼疲累，他挺直身子。

「柯柏。」

「什麼事？」

「你們以前是怎麼叫他的？『塞佛來的壞胚子』是嗎？」

「沒錯，他是塞佛人，而且老愛把這件事掛在嘴上。他說，塞佛人最堅強，是真正的漢子。就像我說的，他真的很惡劣，是我見過最病態的虐待狂。」

馬丁．貝克注視柯柏良久。

「也許你說得沒錯。」他說。

「還是有機會的，祝你好運，希望你能找到一些線索。」

那種隱隱約約的危機意識又悄悄浮上馬丁．貝克心頭。

「我想今天一定不好過。」

「是啊，」柯柏說，「千頭萬緒的，現在你不會再想替尼曼說話了吧？」

「嗯。」

「記住，尼曼已經不需要我們為他護短。對了，這倒是提醒我，這些年來他有個叫霍特的死忠黨羽，如果霍特還在警界混，應該已經升到隊長。得派個人去找他談談。」

馬丁・貝克點點頭。

隆恩推門進來，連步子都站不穩，一副隨時會跌倒的樣子，眼球因為缺乏睡眠而血絲密布。

「現在要做什麼？」他問。

「我們有一堆事要辦。你還撐得住吧？」

「可以，應該撐得住。」隆恩邊說邊把呵欠吞回去。

13.

馬丁．貝克輕而易舉就找到了柯柏口中那位尼曼鷹爪的資料。他叫哈洛德．霍特，這輩子都在當警察，從警局檔案庫裡就找得到他的資料。

霍特十九歲入行，從法倫地區的副保安隊長幹起，現在擔任隊長。就馬丁．貝克所知，霍特和尼曼是在一九三六至一九三七年間初次合作，一起在斯德哥爾摩的轄區當巡警。四〇年代中期，兩人在另一個市中心轄區重逢，年紀較輕的尼曼已陞為副隊長，而霍特還在幹巡警。

五〇及六〇年代，霍特慢慢往上爬，其間數度在尼曼麾下做事，大概是尼曼獲准自行挑選警員擔任特殊任務的助手吧。霍特顯然是他的愛將。如果尼曼真是柯柏所說的那種人，那麼他的任何「死忠黨羽」大概也不會是什麼正常人。柯柏的話可信度通常很高。

馬丁．貝克開始對哈洛德．霍特好奇起來。他決定按柯柏的建議去調查此人。馬丁．貝克先撥電話確認霍特在家，而後才搭上計程車前往雷莫斯摩島上的某個地址。

霍特住在島嶼北端一棟面向小長島海峽的公寓。房子立在島嶼高點，街道在彼端最後一棟公寓前嘎然而止，變成陡坡延伸至海邊。

這整個地區與三〇年末的建造初期相比，並沒有什麼大改變，而且因為地緣關係，島上車輛稀少。雷莫斯摩是個小島，只有一座橋聯外，建築數量很少，間距又大。島上三分之一的土地都是舊酒廠和各式老工廠及倉庫。公寓間有些花園綠地，小長島海灣人煙甚少，水岸邊長滿榿木、白楊和柳樹。

霍特隊長獨自住在二樓的兩房公寓裡，房子乾淨、簡樸，近乎荒涼，這讓馬丁・貝克覺得裡面像是沒住人似的。

霍特年約六十，體型肥大，下巴硬實，一雙灰眼不露絲毫感情。

兩人在窗邊上了亮光漆的矮桌旁坐下，桌上什麼都沒擺，窗台上也是空無一物。事實上，霍特家裡幾乎沒什麼個人物品，也幾乎不見任何紙張，連報紙都沒有，馬丁・貝克唯一看到的書，竟然是整整齊齊擺在前廳小架子上的電話簿。

馬丁・貝克解開外套釦子，鬆開領帶，拿出菸和火柴，同時四下尋找菸灰缸。

霍特順著他的眼光看去。

「我沒抽菸，」他說，「我這邊也沒有菸灰缸。」

他從廚房櫃子裡取來一只白碟子。

「要不要喝點什麼……」他坐下來之前問道。「我已經喝過咖啡了，不過可以再煮一些。」

馬丁．貝克搖搖頭。他發現霍特似乎不太確定要怎麼稱呼他，不知是不是該稱警政署凶殺組組長為「長官」？那表示他是老一輩訓練出來的警察，總是將位階和紀律奉為一切。霍特今天雖然沒上班，但還是穿著制服褲和淡藍色襯衫，甚至還繫上領帶。

「你今天不是休假嗎？」馬丁．貝克問。

「我大部分時間都穿著制服，」霍特不動聲色地說，「我喜歡穿制服。」

「你這裡很棒。」馬丁．貝克望著窗口風景說。

「是啊，」霍特說，「應該還可以，只是冷清了點。」

他將一雙肥厚的大手放在面前的桌子上，當雙手是對棒子似地看著。

「我是個鰥夫，我太太三年前走了，癌症。她走了以後，生活就變得很乏味。」

霍特不菸不酒，當然更不讀書，也許連報紙都不看。馬丁．貝克可以想像他消極地坐在電視機前，等著窗外天黑的模樣。

「有什麼事嗎？」

「尼曼死了。」

霍特毫無反應，只是木然地看看這位來客。

「哦？」

「我想你已經知道了。」

「我不知道，不過這也不難預料。尼曼生病，身體已經不行了。」

他將目光移回自己的一雙肥手上，似乎在納悶自己的身體還能撐多久。

「你認識尼曼嗎？」一會兒後，霍特問。

「不熟。」馬丁・貝克表示，「大概跟我認識你的程度一樣。」

「那就是很不熟了，長官。我們兩個，你和我，只見過兩、三次面。」接著他不再以長官相稱，而改以較熟絡的語氣說：「我待的都是普通警察單位，從來沒機會跟你們凶殺組的人合作。」

「換句話說，你跟尼曼很熟，對不對？」

「是的，我們共事了好幾年。」

「你認為他這個人怎麼樣？」

「他是個非常好的人。」

「我聽到的不是這樣。」

「從誰那兒聽到的？」

「許多不同的人。」

「他們錯了。尼曼是個大好人，我只能這麼告訴你。」

「噢，」馬丁·貝克說，「我想你可以說得再詳細點。」

「怎麼說？」

「比如，你很清楚有許多人批評他，很多人不喜歡他。」

「不，我完全不知道這回事。」

「真的？比如說，我就知道尼曼有一些很特殊的辦案方法。」

「他人很好，」霍特只是一再重申，「辦事能力又強，是個真正的漢子，也是你能想像得到最棒的上司。」

「可是，他不時會採取一些非常手段。」

「誰說的？一定是有人在他死後想毀謗他。如果有人這麼講，那就是在說謊。」

「但他確實非常嚴厲，不是嗎？」

「他只有視情況需要才會那樣。其他傳言都是胡說。」

「你知道很多人對尼曼有怨言吧？」

「我不知道。」

「乾脆這麼說好了——我知道你很清楚，你直接在他底下做事。」

「這些謊話簡直是在抹黑一個能幹的好警察。」

「有人根本不認為尼曼是好警察。」

「那是他們完全不懂自己在說什麼。」

「那你就懂？」

「對，我懂。尼曼是我遇過最棒的上司。」

「也有人說，你也不是什麼好警察。」

「也許我不是，但我從來沒有任何不良記錄。我也許稱不上是好警察，但那和破壞尼曼的清譽是兩回事，如果有人敢在我面前說他壞話，我就……」

「就怎麼樣？」

「就讓他們閉嘴。」

「怎麼讓他們閉嘴？」

「那是我的事。我是老手，知道怎麼做，從當基層警員時就學會了。」

「跟尼曼學的嗎？」

霍特再次看著自己的手。

「是的，我想你可以這麼說。他教了我不少。」

「像是如何先把人定罪；如何彼此抄襲報告，讓事情過關，即使字字句句全是謊言；如何在牢房裡整人；把可憐的嫌犯從轄區載到刑事組之前，先把車停在無人之處整他一頓……諸如此類的事嗎？」

「我從沒聽過那種事。」

「沒有嗎？」

「沒有。」

「連聽都沒聽過？」

「沒。就算有，也跟尼曼沒關係。」

「在以前警察還可攜帶軍刀的時期，你從沒在尼曼的授意下協助驅逐罷工？」

「沒有。」

「鎮壓抗議的學生呢？或是揮棒痛擊沒帶武器的示威學生？那也是依照尼曼的指示去做的嗎？」

霍特沒有反應，只是冷冷地看著馬丁．貝克。

「沒有，我從沒幹過那種事。」

「你當警察多久了？」

「四十年。」

「認識尼曼多久了？」

「從三〇年代中期就認識了。」

馬丁・貝克聳聳肩。

「奇怪了，」他淡淡說道，「我剛才提到的事，你竟然完全不知道。尼曼應該是維持秩序的專家吧？」

「豈止專家而已，他是專家中的高手。」

「而且他還寫了一些研究報告，指出警察在示威、罷工及暴亂中該如何因應。他在研究中推薦了一些方法，像是以騎兵隊突襲，後來因為騎兵隊被裁掉，才改用木棒。他甚至建議騎摩托車的警員應該衝入群眾裡，將人驅散。」

「我從沒見過那種事。」

「當然沒有，這個戰術被禁用了，因為上面怕警察摔車，反而傷了自己。」

「我什麼都不知道。」

「尼曼還想到如何利用催淚瓦斯和水炮來鎮壓，他是以專家身分正式提出的。」

「我只知道尼曼從來不會使用非必要的手段。」

「你是指他自己嗎？」

「他也不會讓屬下胡作非為。」

「換句話說，尼曼從來沒犯錯，一向謹守分際就是了？」

「對。」

「而且從來沒有人對此抱怨過？」

「沒有。」

「可是還是有人控告尼曼行為失當。」馬丁・貝克說道。

「他們的指控都是無中生有。」

馬丁・貝克起身，來回踱著步子。

「有一件事我還沒告訴你，不過，我現在就跟你說吧。」

「有件事我也想告訴你。」霍特表示。

「什麼事？」

霍特靜靜坐著，眼神卻飄向窗外。

「我下班後，通常沒什麼事做。我剛才說過了，自從我太太去世後，生活就變得很無聊。我常坐在窗邊數算經過的車輛。會駛過這條街道的車不多，所以我大部分時間都坐著在想事情。」

他停下來，馬丁・貝克靜靜等著。

「除了自己這輩子的人生以外，我沒有太多事可想。我在這城裡幹了四十年警察，不知被多少人唾棄、憎恨過，不知有多少次被人吐舌頭，辱罵說是豬玀或兇手。我處理過無數起自殺案件，無償加班了無數個小時，我為了維護一點法律與秩序，好讓善良百姓能夠安居樂業，讓良家婦女免遭強暴，讓商家櫥窗不至於被洗劫一空，結果這輩子卻工作得跟狗一樣。我清理過爬滿白蛆的腐屍，晚上回家坐下來吃飯時，袖口還會掉出蛆蟲來。我還幫慢性酒精中毒的母親換過小孩子的尿片，協尋失蹤小貓，排解械鬥糾紛……但治安只是越來越不堪，出現更多暴力事件、流血衝突，有更多人詆毀我們。他們總是說警察應該保護社會，所以我們有時得鎮壓罷工、有時則是學生、納粹、共產黨。現在我們幾乎不需要鎮壓什麼人了，但警界士氣還很高昂，如果警界能多一些像尼曼這樣的人，治安就不會是今天這種樣子。所以，如果有人想聽警界八卦，根本不必跑來找我。」

他微抬起手，接著重重往桌上一拍。

「我的話說得夠清楚了，」他表示，「能說出來真好。你自己也當過巡警，對吧？」

馬丁・貝克點點頭。

「什麼時候？」

「二十多年前，二次大戰結束後。」

「是的，」霍特說，「就是那時候。」

那番辯解顯然已經結束。馬丁．貝克清清喉嚨。

「我剛才想說的是，尼曼並非死於疾病，而是遭人謀殺。我們認為兇手是為了復仇，他可能還有別的報復對象。」

霍特站起來，到走廊拿下制服外套穿上，然後調整肩上的飾帶和槍套。

「我過來是要問一個問題。」馬丁．貝克說，「有誰會恨尼曼，恨到非殺了他不可？」

「沒有。我得走了。」

「去哪兒？」

「去工作。」霍特將門打開。

14.

隆恩手肘抵著桌面，撐著頭，他實在太累了，眼前的字句老是纏成一團，不是飄來晃去，就是忽上忽下地亂跑，就像每次他想完美無瑕地打篇東西，那部老打字機就會偏偏來攪局一樣。他打著呵欠，眨眨眼，把眼鏡擦乾淨，試著再從頭讀起。

眼前是一張國營酒行紙袋的牛皮紙，紙上內容雖然錯字連篇，字跡拙劣，但看得出是認真、慢慢寫出來的。

致斯德哥爾摩司法部政風處

今年二月二日，本人因為剛領新水，去買伏特加酒，結果喝醉了。我坐在獵苑島渡口唱歌，然後有一輛警車開過來，三個年輕得可以做我兒子的警察——不過，我要是想生，一定會生個人，而不是畜牲——走下來，一把搶走我的酒，我瓶子裡還剩一點點，他們把我拖進一台灰色福斯巴士，巴士裡還有一個警察，袖子上有條的。他抓住我頭髮，拿我頭去撞地板，我就開始流血，不過那時我沒什麼感覺。後來我就被關了。然後來了一個大個子，他在門口瞄我，還笑我。他叫另一個警察把門打開，然後脫外套，拿出袖子裡的粗皮帶，捲著袖子走進牢裡，大聲叫我立正站好，然後我就罵他，他大概聽不清楚我在罵什麼，後來我清醒了，他就打我肚子和另一個地方，我就不寫是哪裡了。我倒下來，他又踢我肚子和其他地方，要走之前還說，現在你知道耍警察會有什麼下場了吧。第二天早上，他們放我出來，我問他們那個揍我罵我、袖子上有條的警察是誰，他們叫我最好忘掉，趁他們還沒改變心意把我海扁一頓之前趕快走人。不過另一個從哥登堡來的、叫維伏多的人跟我說，那個扁我的人是尼曼組長，他說我最好不要說出去。這件事我想了很多天，我是個普普通通的工人，又沒做壞事，只是喝了一點酒唱唱歌而已，可是我要公理正義，打傷醉酒辛苦打拚工作的老人，真的不是警察該做的事，我發誓，我說的都是真話……

工人，約翰・貝托森敬上

我有一個教授朋友說我應該寫這封信，這樣就可以「冤情召雪」了。

官方評註：控訴書中所指警官史提格．奧斯卡．尼曼組長，對此事毫不知情。負責拘捕控訴人貝托森的緊急小組指揮霍特副隊長表示，貝托森是個聲名狼藉的不良份子及酒鬼，貝托森被捕及坐監時，都未受到暴力對待。尼曼組長當天並未值班，當天值班的三名巡警出面作證，當時並未對貝托森施以拳腳。貝托森經常酒醉鬧事，神志不清，老愛對不得不拘捕他的巡警口出惡言，亂加控告。

文件上蓋了個紅章子：**不予起訴**。

隆恩鬱鬱地嘆了口氣，把控訴者的名字寫在筆記上。被迫禮拜六來加班的女職員將檔案櫃重重地關上，以示不滿。

到目前為止，她已經翻出七個與尼曼有關的控訴檔案。

隆恩現在已讀完一份，還剩六份。他按著順序一份份讀下去。

接下來的一封信措詞完好，端整地用厚厚的布紋紙打字妥當。信件內容如下：

本月十四日星期六下午，本人跟我五歲的女兒一起在派多岡街十五號入口外的人行道上。我們正在等候進到屋裡探病的內人。為了打發時間，我們在人行道上玩「鬼抓人」，就我記得，街上並沒有人，因為是週六下午，商店都打烊了，因此我後來無法找到目擊證人。

我抓到女兒後，把她舉到空中，然後放下來，這時我發現轉角停了一輛警車。兩名巡警下車向我走來，其中一人立即抓住我臂膀說：「你在對那小孩做什麼？你這混蛋。」（我應該補充一點，那天我很休閒地穿著卡其褲、防風衣和棒球帽，衣服都非常乾淨潔亮，不過也許信中所提的兩位巡警認為我很邋遢吧。）我當時驚愕得半句話都說不出來，另一名巡警拉著我女兒的手，叫她去找她媽媽。我解釋說我就是孩子的父親，其中一人聽了便把我的手扭到背後，那真的很痛，接著把我推進巡邏車後座。在開往警局的途中，其中一個巡警用拳頭打我胸口、側身和肚子，同時還一直用「變態」、「下流的老頭」等不堪入耳的字眼辱罵我。

到了警局，他們把我關進牢裡。一會兒後牢門開了，尼曼組長走進來（當時我不知道他是誰，是後來才知道的）。「你就是那個老愛追著小女孩跑的傢伙？看我怎麼治你。」他說，然後重重一拳打在我肚子上，我痛得人都彎了下去。我一回過氣來，便表明自己是女孩的父親，結果他用膝蓋撞我下盤。他一直揍我，直到有人進來通知說我妻子和女兒來了。組長知道我說的原來都是實話後，便直接叫我滾蛋，連句道歉或解釋都沒有。

因此我希望當局能留意以上所述，要求尼曼組長和兩名巡警為這次凌虐無辜老百姓的事負責。

工程師，史多．曼諾生

官方評註：尼曼組長不記得有這件事。斯特姆和羅森維茲巡警表示知情，他們認為當事人當時舉止怪異，對孩子不利。但他們只要求曼諾生上車，後來便放他走了。當時轄區警局內的五名巡警，均否認看到當事人受到欺凌，也沒注意到尼曼組長曾走進拘留所，他們認為組長根本沒去。不予起訴。

隆恩把報告放一邊，在筆記上寫著，然後繼續看下一份控訴書。

斯德哥爾摩，司法部政風處

上週五，十月十八日，我到住在厄斯特馬路的好友家參加派對。晚上十點左右，我和另一位朋友叫計程車回家，我們站在門口等車，這時兩名警察從對街走來，問我們是不是住這棟大樓。我們表示不是，「那就滾開，別在這邊閒晃。」他們說。我們解釋自己是在等計程車，所以沒有走開。接著警察粗魯地抓住我們，把我們從門口推開，還一直叫我們走。我們說計程車已經叫了，但兩名巡警還是強推我們走在他們前面，我們反抗時，其中一人便拿出警棍開始打我朋友。我想保護朋友，結果也挨了幾棍，他們兩個接著都拿出棍子拚命揍我們，我一直希望計程車趕快來，這樣我們就能逃走，可是車子沒來，最後我朋友大喊說：「我們最好快逃，不然會被他們打死。」我們跑到卡爾拉路，坐巴士回我家。到家時，我們兩人渾身是傷，我的右手腕開始腫起來，瘀血得很厲害。我們決定去那兩個巡警工作的警局控訴，便搭計程車前去。兩名巡警不在，不過我們跟一個叫尼曼的組長談過。他叫我們等巡警進來。巡警在一點鐘回來了。接著我們四個人——兩名巡警和我們兩個——一起被叫到尼曼的辦公室，我們把經過重述一遍。尼曼問巡警有沒有這回事，他們矢口否認，組長當然採信他們的說法，叫我們最好別污衊兩位辛苦老實的警察，如果我們再這樣，就不會輕易饒過我們。然後他就叫我們滾蛋了。

我覺得尼曼組長的處理方式很可議，我所說的句句屬實，我朋友可以作證。我們沒有喝醉酒，我在週一時請公司的醫生檢查我的手，他寫了一份證明，此證件附在信中。我們並未查出兩名警員的姓名，不過我們可以指認出他們。

奧洛夫・姚漢森　敬上

隆恩並不了解醫生所寫的術語，不過，這位姚漢森的手腕會腫起來，看來是因為體液滲出所致，若不自行消腫，就得刺穿皮膚引流，如此一來，擔任印刷工人的患者就只好暫停工作了。

接著他把官方評註看了一遍。

尼曼組長表示有此一事，並說自己能幫柏格曼及賽葛林巡警出面證實他們一向勤懇執勤。兩位巡警否認拿警棍毆打投訴者及其友人，他們指出對方態度蠻橫，且目中無人，足以推斷對方醉酒，賽葛林巡警表示其中一人身上飄著濃濃的酒味。不予起訴。

女職員已經不再甩檔案櫃的抽屜了，她走到隆恩身邊。

「尼曼組長那一年份的資料全找完了，除非要我再往前找……」

「不用，可以了，把你找到的給我就行。」隆恩低聲說。

「你還要待很久嗎？」

「再一下，把這些看完就好。」隆恩說，女人走開了。

隆恩摘下眼鏡擦亮，然後繼續往下看。

我是一名寡婦，獨力工作撫養一名四歲的孩子。我工作時，孩子便待在托兒所。自從先夫一年前車禍喪生後，我的精神及健康狀態便一蹶不振。

上星期一我跟平常一樣，把女兒送到托兒所後便去上班。公司下午發生了一些事，我就不多說了，但那件事令我非常生氣。公司醫生知道我的精神狀態不佳，便幫我打了針，叫了計程車送我回去。我回到家後，覺得鎮定劑似乎沒生效，於是又吃了兩顆安眠藥，然後去托兒所接女兒。我才走過兩個街口，便看到一部警車停住，兩名警察走下來把我推到後座。我因為吃藥的關係，有點昏昏欲睡，所以走路不太穩，從他們的反應看來，大概以為我喝醉了。我試著跟他們解釋，並表示自己得去接小孩，但他們只是一味地嘲弄我。

到了警局，組長也聽不進我的話，只叫警察把我關進牢裡「睡個夠」。

牢裡有按鈴，我一直按，卻沒人來，我大聲喊叫想找人去照顧我孩子，可是沒人理會。托兒所六點鐘就關門了，如果到時候不去接孩子，所裡的人會很緊張。我被關入牢裡時都已經五點半了。

為了打電話到托兒所確定孩子有人照顧，我只得努力引起別人注意。我實在氣壞了。

他們一直到晚上十點鐘才放我出去，那時我已經急瘋了。我的身體尚未完全復原，目前還在請病假中。

寫信的女人還附上自己的住址，以及托兒所、公司、醫生及警局的地址。

信後的評註如下：

信中所指的巡警乃史瓦森及波斯坦，二人表示他們是基於善意。尼曼組長聲稱該女子神志極度不清，表達不明。不予處置。

隆恩把信放下，嘆了口氣。他記得他看過一篇訪問警政署長的報導，談到政風處三年來共收到七百四十二件申訴信函，其中只有一件送到了檢察官那裡採取法律行動。

這到底能證明什麼啊，隆恩心想。

署長把這件事公諸於世，顯示的不過是他的愚蠢。

下一份文件很短，用鉛筆大大地寫在筆記紙上。

親愛的政風處：

上星期五我喝醉酒，這沒什麼好奇怪，因為我以前也喝醉過，警察把我關起來，讓我在警局睡到天亮。我是好人，不會亂惹麻煩，所以上星期五他們帶我去警局時，我以為會跟以前一樣到牢裡睡覺。可是我錯了，因為以前我在警局看過的一個警察到牢房裡把我痛扁一頓，我很訝異，因為我又沒做什麼。可是這個警察卻把我罵了一頓，我確信他是局裡的頭子，他打我又罵我，所以現在我要告這位組長的狀，讓他別再為非做歹。他個子很高很壯，外套上有金色條子。

約納森　上

官方評註：投訴者屢次在各轄區醉酒鬧事，信中所指警員應該是尼曼組長。尼曼表示他從未見過此人，但對他的名字頗為熟悉。尼曼組長否認自己或其他人曾在獄中對投訴者施暴。不予處置。

隆恩在筆記上做記錄，希望以後能看得懂自己寫了什麼。只剩兩份要看了，他摘下眼鏡，揉揉痠疼的眼睛，眨眨眼，繼續往下讀。

外子生於匈牙利，因此不太會寫瑞典文，我以妻子的身分幫他寫這封信。外子長年受癲癇之苦，現在因病退休。由於生病之故，外子有時會發病跌倒，通常他會預先感知快發病而待在家裡，可是有時會無法預知何時發病。醫生會開藥給他，結婚這麼多年，我也很清楚怎麼照顧他。我想說的是，有件事我先生永遠不會做，也從沒做過，那就是喝醉酒。他寧可死也不會去沾烈酒。

外子和我想報告一件上週六他從地鐵返家時發生的事。他在地鐵時感覺自己就快發病了，於是便急忙趕回家，沒想到途中還是發作。等外子清醒時，人已躺在牢裡。那時他覺得好多了，但需要吃藥，而且很想回到我身邊。警方等了好幾個小時才將他放行，因為他們一直以為他喝醉酒，可是我先生向來滴酒不沾，怎麼可能酒醉？他們放他出來之前，先叫他去見組長，我先生跟組長說他是生病，不是喝醉，可是組長根本不想聽，罵我先生說謊，還叫他以後不可喝酒，說他受夠我先生這種外國醉鬼了。我先生瑞典話說得不好，實在不能怪他。外子告訴組長他從不喝酒，那位組長不知聽懂沒，反正他大為光火，一拳把外子揍倒在地，踹他又把他推出門外。後來我先生回來了，我當然擔心了一整晚，打電話找遍所有醫院，可是我怎麼也沒料到警方竟然把病人抓到監獄，還把他當成十惡不赦的罪人痛打一頓。

我女兒告訴我——我們有個已婚的女兒——可以向你們報告這件事。雖然事情在七點鐘就結束了，但外子回到家時已過午夜。

奈奇太太敬上

官方評註：投訴中的組長是尼曼。尼曼表示記得此人，但他們對他十分有禮，而且還盡快送他返家。將奈奇先生帶至警局的伊瓦森及賀葛仁巡警表示，奈奇當時看來的確很像喝醉或毒癮發作。不予處置。

最後一封投訴信看起來似乎最有意思，那是一封警察寫的信。

議會政風處
崔德軋路四號，郵政信箱一六三二七號
斯德哥爾摩十六

長官：

本人殷切懇請司法部政風處重閱、並重審本人於一九六一年九月一日及一九六二年十二月三十一日，有關尼曼組長及霍特警官行為不檢的申訴。

巡警 艾克・愛力森 敬上

「噢，是他呀。」隆恩自言自語地說。他繼續看評注部分，竟然比投訴本身的內容還長。

由於投訴書中所指情事先前已做過調查，加上指稱的事件發生已久，投訴者過去幾年又不斷申訴，本人不認為有重新考慮此案之必要。而且，投訴者未能提出新的事實和證物以證實之前的指證，因此決定駁回申訴者的要求。

隆恩搖搖頭，懷疑自己有沒有看錯。應該沒有。至少那個簽名簽得清清楚楚，而且他還對愛力森巡警的事略知一二。

眼前的字句越來越糾纏不清了，當女職員把一堆新文件堆在他右邊時，隆恩一副想擋開的模樣。

「要不要我再往前追溯？」女人冷冷地問道，「那個叫霍特的資料要不要也拿過來？還有你自己的？」

「不用了，」隆恩和顏悅色地說，「我把最近這幾件的姓名資料記下就好，之後我們兩個就可以走了。」

他眨著眼，在本子上快速寫了幾筆。

「我也可以把厄勒洪的投訴書調出來，」女人酸溜溜地說，「如果你想要的話。」

厄勒洪是蘇納區的幹員，素以脾氣暴躁聞名，遭人投訴的狀子居所有人之冠。

隆恩伏在桌上，沮喪地搔著頭。

15.

去薩巴斯山的途中，柯柏突然想起自己還沒付通信棋賽的申請費。他很想參加棋賽，星期一就是申請截止日。於是柯柏把車停在伐沙公園，走往對面的郵局。

柯柏填妥匯票，乖乖排隊等待。

他前面排了一個穿羊皮外套、戴著毛帽的男人。每次柯柏排隊，好像都會排在有一堆事要辦的人後面。那男人拿著厚厚一疊匯款通知和信件。

柯柏聳聳寬碩的肩膀，嘆口氣，無奈地等著。男人手裡的文件堆中突然掉出一小張紙，落到地上，原來是張郵票。柯柏彎身拾起郵票，碰碰那男人的肩膀。

「你的東西掉了。」

男人轉頭看著柯柏，棕色的眼睛依序露出訝異、認識及反感的神色。

「你的東西掉了。」柯柏重覆道。

「太倒楣了，」男人緩緩說，「連掉張郵票，都會有條子來管。」

柯柏遞上郵票。

「你留著吧。」男人說完便扭過頭。

一等辦完事，他連瞄都不瞄柯柏一眼便走了。

柯柏被搞得一頭霧水。對方大概在開他玩笑吧，可是話又說回來，那男的似乎完全沒有在開玩笑的意思。由於柯柏的認人能力極差，經常認不出應該記得的臉，所以當對方認出柯柏時，他卻是全然不知自己究竟是在跟誰說話。

柯柏寄出自己的申請費。

他好奇地看著郵票。那郵票很漂亮，圖片是隻鳥，這是最新發行的系列郵票，如果柯柏沒猜錯，貼這種郵票的信件保證會寄得更慢，郵局最會幹這種事。

不對，柯柏心想，郵局的辦事效率其實還滿好的，他實在不該抱怨，尤其現在已經不像幾年前郵遞區號新系統剛啟用時那麼沒效率了。

柯柏兀自想著人世間的光怪陸離，邊開車往醫院駛去。

凶案現場依然警備森嚴，尼曼的房間還保持原狀。

拉森當然早就到了。

柯柏和拉森一向處不來。跟拉森合得來的人屈指可數，而且只用一根手指就夠，此人就是

——隆恩。

對柯柏和剛瓦德．拉森而言，被迫在一起工作著實是令他們頭皮發麻的事。但目前看來大概還不至於如此——只是環境機緣讓他們同時出現在一個房間裡罷了。

這個所謂的機緣，就是尼曼。尼曼的死狀實在太悽慘，柯柏差點失聲叫出來。

拉森也是一臉苦相。

「你認識他嗎？」他問。

柯柏點點頭。

「我也認識。這傢伙是本局最傑出的混蛋，不過老天保佑，幸好本人沒跟他共事過。」

剛瓦德．拉森沒當過一般警察，只在形式上做過一陣子而已。他在當警察之前是船上的行政人員，先在海軍單位，而後轉為商船。剛瓦德．拉森不像柯柏和馬丁．貝克那樣是從基層一路咬牙幹起。

「這邊的調查工作進行得如何？」

「除了眼前可見的，目前其他都沒查到。」拉森說，「有個瘋子從那扇窗摸進來，眼睛眨都不眨地把他給宰了。」

柯柏點點頭。

「我對那把刺刀很感興趣。」拉森像在自言自語地咕噥著，「用刀的人很清楚自己在做什麼，而且很熟悉武器。你認為會是哪種人？」

「沒錯，」柯柏說，「例如軍人或屠夫。」

「或警察。」拉森表示。

整個局裡，剛瓦德・拉森大概是最不會受警界忠誠要求或同袍情誼囿限的人。所以他的人緣也好不了。

「得了吧，拉森，你未免也太誇張。」柯柏說。

「也許吧。你要辦這件案子嗎？」

柯柏點點頭。

「你呢？」他問。

「應該會。」

兩人毫無興奮之意地冷眼望著對方。

「也許我們不必一起工作。」柯柏說。

「但願如此。」拉森表示。

16.

早上將近十點，馬丁．貝克在陽光下揮汗沿著碼頭朝閘門廣場走著。太陽其實不烈，而且從騎士灣吹來的寒風刺骨，但他走得極快，身上的大衣也相當保暖。

本來霍特表示要載他到國王島街，可是被他婉拒。馬丁．貝克很怕會在車裡睡著，認為走走路大概能讓自己清醒一點。他解開大衣釦子，放慢步伐。

到了閘門廣場後，馬丁．貝克走進電話亭打給總局，總局說隆恩還沒回來。隆恩沒回來之前，他也無事可做，而且至少還得等一個小時。如果直接回家，十分鐘後就能躺在床上。他真的累極了，很想回去打個盹，他可以設好鬧鐘睡一個小時。

馬丁．貝克咬咬牙，穿越閘門廣場，走入賈恩托路，接著放緩步調。他可以想像，一小時後鬧鐘響時，自己一定還沒睡飽，必須勉強起床穿上衣服、拖著步伐出門。不過話又說回來，要是能脫下衣服洗個澡或淋個浴也不錯。

他在廣場中央停步，不知如何是好。他當然可以把自己的猶豫怪罪到疲勞上，但他還是挺煩躁的。

馬丁・貝克腳下一轉，朝史克邦街走去。他不知道到那兒後要做什麼，不過一看到計程車，便快速做了決定。他決定找個地方洗三溫暖。

那位司機看起來老得就像瑪土撒拉*——顫顫巍巍，缺牙，而且耳朵顯然也不靈光。坐在前座的馬丁・貝克心中暗禱這位老先生可別也瞎了才好。老人家大概是很多年沒開自己的這部計程車了，老是轉錯彎，有一次甚至開到左車道，渾然不知瑞典的行駛方向已經改制成右行。老人家一路嘟噥碎念著，乾枯老邁的身軀不時因咳嗽而抖成一團。當他終於把車停在中央澡堂前時，馬丁・貝克立刻賞他一大筆小費，感激他將自己安然送達。看到老先生那雙抖得厲害的手後，馬丁・貝克決定就不跟他要收據了。

馬丁・貝克在售票口前躊躇了一會兒，他通常會在有游泳池的樓下泡澡，但現在他不想游泳，因此只買了一張樓上土耳其浴的票。

為了安全起見，他請拿毛巾的澡堂服務生在十一點鐘叫醒他，接著走到最熱的浴間，把自己烤到滿身大汗，沖澡，快速在冰冷的小水池裡浸一下，再用毛巾擦乾身體，用大浴巾把自己裹起來，躺到小房間的床上。

他閉上眼。

他試著想些愉快的事，思緒卻不斷回到霍特身上，想到他百無聊賴、孤寂地坐在蕭索的公寓裡，連放假都穿著制服。這男人此生只會一件事——當警察。把這件事從他身上抽離，他就什麼都不剩了。

馬丁．貝克心想，霍特若是退休後不知會變成什麼樣子。也許會靜靜坐在窗邊，手擺桌上，直到凋零、老死為止吧。

霍特到底有沒有便服？也許沒有。

馬丁．貝克的眼睛又痠又痛，他張開眼盯著天花板，他已經累到睡不著了。他將手臂擺到臉上，努力想讓自己放鬆，肌肉卻依舊緊繃。

按摩間裡傳來霹霹啪啪的聲音，還有大理石椅上的潑水聲，附近小房間裡傳來某人低沉的鼾聲。

他心中突然浮現尼曼的死狀，想到柯柏告訴他尼曼訓練手下殺人的情況。

馬丁．貝克從沒殺過人。

他試著想像那種感覺，那種不靠槍殺人的感覺。用槍應該不會太難，因為只需輕輕扣動扳

＊《聖經》當中說，瑪土撒拉（Methuselah）是亞當的第七世子孫，享壽九百六十九歲。

機，其餘的就交給子彈；開槍殺人不需要太大力氣，而且跟受害者隔開一段距離，讓人覺得比較疏離。可是直接用雙手、拿繩子、利刃或刺刀去殺死一個人，卻是完全另一回事。他想到醫院地板上的那具屍體，喉頭上的切口，滿地的鮮血，從肚腹中流出的內臟……貝克知道自己絕對沒辦法那樣去殺人。

當了這麼多年警察，馬丁・貝克常問自己算不算懦夫。而今，他越老就越肯定，對，他是個懦夫，但他已不像年輕時那麼在意了。

他不確定自己怕不怕死，他的工作是去探查別人的死因，做久了便也麻木不再害怕，他很少思及自己死去的那一刻。

服務生來敲門表示已經十一點鐘時，馬丁・貝克連一秒都沒闔眼。

17.

他看看隆恩，覺得非常愧疚。過去三十個小時裡，他們倆的睡眠時間其實差不多，也就是根本沒闔眼過。不過和這位同仁相比，馬丁・貝克卻輕鬆愉快多了。

隆恩的眼白已經紅得跟他的鼻子一樣，臉頰及額頭則是一片慘白，眼袋厚黑有如熊貓。隆恩呵欠連連地在抽屜裡翻找電動刮鬍刀。

馬丁・貝克心想，他們倆都累了。

四十八歲的馬丁・貝克比隆恩年長，但隆恩也四十三了，他們倆好幾年前就已經過了那種可以通宵達旦又面不改色的年歲。

儘管這麼疲累，隆恩還是頑固得不肯主動提供訊息，非得馬丁・貝克向他提問才肯開金口。

「你找到什麼沒？」

隆恩鬱悶地指著自己的筆記本，好像那是隻死貓，或是什麼見不得人的東西。

他含混地說：「這裡大約有二十個名字，我只看了尼曼在轄區擔任組長最後一年的投訴信，差不多就有二十個名字。我把之前兩年的投訴者姓名和住址全記下來了，如果要一一告訴你，大概得說上一天。」

馬丁・貝克點點頭。

「是的，」隆恩接著說，「還有明天一整天，也許連後天……跟大後天。」

「我看再找下去也沒有意義，」馬丁・貝克表示，「你找到的資料也已經很舊了。」

「是啊，我想也是。」隆恩說。

他拿起電鬍刀，無精打采地離開房間，長長的電線拖在身後。

馬丁・貝克在隆恩桌邊坐下，皺著眉頭開始翻閱隆恩亂如鬼畫符的筆記。他向來無法判讀隆恩的字，恐怕這輩子都不可能認出來。

馬丁・貝克把姓名住址和投訴內容抄到速記板上。

約翰・勃德生，勞工，古特街二十號，遭受凌虐。

大概都是這一類的情況。

隆恩從洗手間出來時，馬丁・貝克已抄好一份包含二十二個姓名的清單。

隆恩梳洗半天，外觀絲毫沒有改善，甚至還更糟糕。不過他認為看起來還有點人樣就行了。期望他能因此精神百倍，簡直是強人所難。

也許他們需要打打氣，那就來段所謂的「信心喊話」吧。

「好啦，埃拿，我知道咱們倆都該回家睡覺了。不過，要是再撐一下，也許能得出一點結論。加油吧。」

「是啊，好吧。」隆恩不太確定地說。

「比如，你負責前十個姓名，我來負責剩下的，這樣我們就能很快找到這些人。要是沒特別的事，就把他們從名單上剔除掉。可以嗎？」

「好啊，隨你意吧。」

隆恩的語氣完全不置可否，當中連一絲絲決心和鬥志都嗅不到。

隆恩眨眨眼，不自主地發著抖，但他還是端正地坐到桌邊，把電話挪到面前。

隆恩認為調查這些人根本毫無意義，馬丁．貝克應該也得承認這點才是。尼曼的警察生涯中必然欺負過無數良民，其中寫信投訴的僅有少數。隆恩隨便找了找，只翻出一小部分。

可是多年經驗告訴他，他的工作中大部分都是了無意義，而且就算那些案子長久追查下來會有結果，一開始時乍看下卻都沒什麼道理。

馬丁．貝克走進隔壁房間開始打電話，不過撥了三通之後便不再打了，只是被動地拿著聽筒坐在那兒。名單上的人他一個都沒找到，腦子裡現在正想著另一件毫無關係的事。

一會兒過後，他取出自己的筆記本翻到某頁，撥了尼曼家的電話號碼。接起的是那個男孩。

「尼曼公館。」

那聲音聽起來與成人無異。

「我是貝克警官，我們昨晚見過面。」

「有事嗎？」

「令堂還好嗎？」

「噢，她很好，好多了。布朗勃醫師來看過，媽媽後來睡了幾個小時，現在看起來好很多，而且……」

對方沒再往下說。

「而且怎麼樣？」

「而且我們也不是沒有心理準備。」男孩猶豫地說，「我是說爸爸去世這件事。他病得那麼重，又病了那麼久。」

「你認為你媽媽可以接電話嗎？」

「應該可以。她在廚房，等一下，我去跟她說。」

「謝謝。」馬丁．貝克表示。

他聽見腳步聲從電話邊走開。

尼曼這種人會是什麼樣的先生和父親？他們家看起來挺和樂的，說不定他是個好父親，好丈夫。

至少他兒子是一副傷心欲絕的樣子。

「喂，我是安娜．尼曼。」

「我是貝克警官，我只想請教一件事。」

「請說。」

「有多少人知道你先生住院？」

「知道的人不多。」她慢慢說道。

「不過他已經病了一陣子，是嗎？」

「是啊，沒錯，但他不想讓人知道，雖然……」

「雖然什麼？」

「有些人還是知道了。」

「有誰知道？你曉得嗎？」

「首先是我們家人。」

「你指的是——」

「我和孩子呀，而且史提格有兩個弟弟，一個在哥登堡，另一個在波頓。」

馬丁・貝克點點頭，在病房裡找到的信確實是尼曼的弟弟所寫。

「還有其他人嗎？」

「我自己是獨生女，父母都去世了，所以我除了一個舅舅之外，沒有任何親人在世。不過他住在美國，我從沒見過他。」

「那麼，你們的朋友呢？」

「我們沒什麼朋友，我是說，我們沒有朋友。昨晚來家裡的布朗勃醫生我們經常見面，不過他也是史提格的醫生，所以當然知道。」

「我明白了。」

「還有潘姆隊長和他太太，他是我先生轄區的老友，我們常見面。」

「還有別人嗎？」

「沒有了，就這樣。我們的朋友非常少，只有我剛才說的那幾位——」

她頓了一下，馬丁・貝克等著。

「史提格以前常說……」

她沒把話說完。

「他以前常說什麼？」

「警察不會有太多朋友。」

這話倒是真的，馬丁．貝克自己就沒什麼朋友，除了女兒、柯柏跟一個叫烏莎．托瑞爾的女子外。不過，她也是警察。

也許裴爾．梅森也算一個，他是馬爾摩區的警察。

「這些人認識你先生，而且去薩巴斯山看過他嗎？」

「沒有，我想沒有，唯一知道他在那裡的人是布朗勃醫師——我是說，我們的朋友裡只有他知道。」

「那誰去看過他？」

「史提芬和我，我們每天都去。」

「沒別人了嗎？」

「沒有。」

「連布朗勃醫生也沒有？」

「沒有。史提格除了我和兒子外，不想讓任何人去。他其實連史提芬都不想見。」

「為什麼？」

「他不想讓任何人看見他，你要了解……」馬丁・貝克等她往下說。

「我先生身體一向硬朗矯健，」她終於說道，「他在死前變得又瘦又憔悴。我想他是羞於見人吧。」

「嗯。」馬丁・貝克回應道。

「不過史提芬並不介意，他很崇拜他爸爸，父子倆很親。」

「那你女兒呢？」

「史提格對女兒沒像跟兒子那麼好。你自己有小孩嗎？」

「有。」

「兒子跟女兒都有？」

「是的。」

「那麼你應該了解那種情形，我是指父子之間。」

老實說，馬丁・貝克並不了解。他努力想了半天，最後尼曼太太打斷他：

「你還在聽嗎，貝克警官？」

「有啊，當然。對了，那鄰居呢？」

「鄰居？」

「是。鄰居知道你先生住院嗎？」

「當然不知道。」

「你怎麼解釋尼曼不在家？」

「我根本不必解釋，因為我們不跟鄰居來往。」

「你兒子呢？也許他曾跟他朋友提過？」

「史提芬嗎？不會，絕對不會。他知道他爸爸的個性，史提芬絕不會做出惹他爸爸不高興的事，除了堅持每晚跟我一起去探望他之外，其實我覺得史提格心裡還是挺高興兒子來探望的。」

馬丁．貝克在速記板上寫了幾下，然後總結說：

「那麼也就是說，只有你、史提芬、布朗勃醫師和尼曼組長的兩位弟弟知道你先生住在哪間病院、哪個房間？」

「是的。」

「這樣啊。還有一件事。」

「什麼事？」

「你先生下班後會跟哪些同事見面？」

「我不懂你的意思。」

馬丁・貝克放下筆，揉揉自己的鼻梁。他的話真的問得那麼不清不楚嗎？

「我的意思是說，你和你先生都跟警局裡哪些人來往？」

「一個都沒有。」

「什麼？」

「你到底想問什麼？」

「你先生在警局難道連個朋友都沒有嗎？他下班後會來往的同事呢？」

「沒有。我跟史提格結婚二十六年來，從來沒有任何警察進過我家一步。」

「你是說真的？」

「真的，你跟昨晚一起陪你過來的同事，是唯二進過我家的警察。不過你們來的時候，史提格已經死了。」

「但多少還是會有人來送訊吧，像是來接他、或幫他送東西的屬下。」

「對，沒錯，有傳令。」

「你說什麼？」

「我先生都這麼稱呼他們，他稱那些到我家的人為傳令兵。他們有時候會過來，但史提格從不讓這些人進我們家一步，這一點他很堅持。」

「真的？」

「對，他一向如此。若是有巡警來接他或送東西過來，我們還是不會讓人進門。如果是我或孩子去應門，我們總是請對方等候，然後關上門等史提格自己過去。」

「這是他要求的？」

「對，他跟我們嚴正表示非這樣不可。」

「可是，他對那些工作多年的同事呢？也一樣如此？」

「是的。」

「而你一個都不認識？」

「不認識，就算名字知道，人也不認得。」

「但他至少會談談他們吧。」

「很少。」

「那他的上司呢？」

「我剛說過，他絕少談起。史提格的原則是，絕不讓公事干擾他的私生活。」

「不過，你剛說你知道幾個同事的名字，是哪幾位？」

「一些長官，像是警政署長、警察局長，還有督察……」

「斯德哥爾摩的嗎？」

「是的，」她說，「不然還會是別的督察嗎？」

這時，隆恩拿了一些文件走進房裡，馬丁・貝克茫然地看著他，然後才回過神來繼續剛才的談話。

「他一定提過幾個跟他直接工作過的人吧。」

「有，有一位。我知道他有個非常信賴的部屬叫霍特，史提格偶爾會提到他，他們在我們認識之前就已經共事過很長一段時間。」

「所以你認識霍特？」

「不認識，我連他的臉都沒見過。」

「沒見過？」

「沒見過。不過我曾經在電話上和他講過話。」

「就這樣？」馬丁・貝克突然對隆恩說。「你能稍等一下嗎，尼曼太太？」

「當然可以。」

馬丁·貝克把聽筒放在桌上，一邊用指尖搔著髮線，一邊用力思索著。隆恩打了呵欠。

馬丁·貝克把聽筒放回耳邊。

「尼曼太太？」

「是的。」

「你知道霍特隊長的全名嗎？」

「知道，我恰巧知道，他叫派曼·哈洛德·霍特。不過，我不太清楚他的位階。」

「你剛才說恰巧？」

「是啊，我是剛好知道的，他的名字就寫在我面前的電話簿上，派曼·哈洛德·霍特。」

「是誰寫的？」

「我啊。」

馬丁·貝克沒說話。

「霍特先生昨晚打來找我先生，知道史提格生病後，他很難過。」

「你有把醫院地址給他嗎？」

「是的，他想送花過去。我說過我知道他是誰，他是我唯一會給地址的人，其他的就是……」

「就是什麼？」

「就是警署署長、局長或督察……」

「我明白了。所以你就把地址給了霍特？」

「是的。」她停頓了一下。「你問這話的意思是——」她有些不解地。

「沒什麼意思，」馬丁・貝克安慰她說，「我相信應該沒關係。」

「但你好像很……」

「我們只是每件事都得問一下，尼曼太太，你幫了很多忙，謝謝你。」

「謝謝。」她不知該如何反應地回說。

「謝謝你。」馬丁・貝克又說了一遍，接著掛下電話。

隆恩靠在門框上。

「我已經把該查的都查了，」他說，「其中兩個已經死了，沒人知道這個該死的愛力森是幹嘛的。」

「噢，」馬丁・貝克心不在焉地說，然後在速記板上寫下一個名字。

派曼・哈洛德・霍特。

18.

霍特如果在值勤，應該會坐在辦公桌前吧，因為他現在年紀人了，只做文書工作而已，至少表面上應該是如此。

可是瑪麗亞分局接電話的那位先生好像完全沒進入狀況。

「霍特？他不在這兒，他週六跟週日一向沒班。」

「他今天沒進局裡？」

「沒有。」

「你確定？」

「確定，反正我沒看到他就對了。」

「你能不能去問問別人？」

「什麼別人？」

「第二分局的人總不會少到都沒別人在吧，」馬丁．貝克有點不悅地說，「難道整個局裡只有你一個人？」

「不，當然不是，」那人呆頭呆腦地說，「等一下，我去問問。」

馬丁・貝克聽到聽筒掉在桌上，以及離去的腳步聲。

接著他聽到有人遠遠地大喊。

「各位，今天有沒有人看到霍特？凶殺組那個很跩的貝克在電話上問啦……」

接下來的話全被噪音蓋住。

馬丁・貝克十分不耐地瞄了隆恩一眼，隆恩則更不耐煩地看著自己的手錶。

瑪麗亞警局的人為什麼會覺得他很「跩」？也許是因為他只喊人家的姓，不叫人家名字吧。馬丁・貝克很不習慣直呼那些巡警的名字，他也很不習慣人家喊他「馬丁」。

但他絕非那種正經八百的人。

像尼曼那樣的人在面對這種情形時，會有什麼反應？

聽筒一陣亂響。

「喂，關於霍特……」

「他怎麼樣？」

「他今天確實進來過，差不多一個半小時前，不過馬上又離開了。」

「去哪裡？」

「沒人知道。」

馬丁・貝克沒再追問。

「謝了。」他說。

為了確認，他又打電話到霍特家，果然無人接聽，電話響了五聲後，馬丁・貝克便掛掉電話。

「你在找誰啊？」隆恩問。

「霍特。」

「噢。」

馬丁・貝克煩躁地想著，這個隆恩未免也太遲鈍。

「隆恩——」他問。

「什麼？」

「霍特昨晚打給尼曼的老婆，拿到了醫院的地址。」

「哦？」

「你不覺得當中有點蹊蹺嗎？」

「也許他想送花之類的吧。」隆恩興趣缺缺地說，「畢竟霍特和尼曼是哥兒們。」

「知道尼曼在薩巴斯山的人顯然不多。」

「所以霍特才得打電話問哪。」隆恩說。

「這也太巧了。」

馬丁・貝克並不是在問問題，隆恩也很聰明地沒胡亂回答，反而改變了話題。

「噢，對了，我跟你說過我找不到這個叫愛力森的人。」

「哪個愛力森？」

「就是一天到晚寫投訴信的那個巡警。」

馬丁・貝克點點頭。他記得這名字，只不過那應該是許久之前的事。但是他無心去回想這個名字，而且他正忙著在想霍特的事。

他兩個小時前才剛和霍特講過話，他當時的反應是什麼？一開始，尼曼的死訊並沒有激起霍特任何反應，接著他就表示要去上班了。

馬丁・貝克覺得這沒什麼奇怪，霍特是個遲鈍的老警察，腦筋不是特別靈光，行事全憑衝動。他會在得知同事被人殺害時主動表示要幫忙，似乎再自然不過。換做是馬丁・貝克自己，恐怕也會這麼做。

馬丁．貝克覺得奇怪的是那通電話，霍特為何沒告訴他昨晚自己才跟尼曼太太通過電話？如果他只是想去問候尼曼，為什麼要挑晚上？

要是他想知道尼曼的去處，是因為別有居心，而不是只想送花呢？

馬丁．貝克強迫自己拋開這個念頭。

霍特晚上真的打過那通電話嗎？

有的話，是幾點打的？

馬丁．貝克需要知道更多訊息。

他重重嘆了口氣，拿起聽筒，第三次撥給安娜．尼曼。

這回是尼曼太太親自接起。

「是你啊，貝克警官。」

「實在抱歉，不過我還有幾個跟那通電話有關的問題想請教你。」

「請說。」

「你說霍特隊長昨晚打過電話給你？」

「是的。」

「幾點鐘？」

「滿晚的，確切時間我說不上來。」

「大概幾點？」

「嗯……」

「當時你已經就寢了嗎？」

「噢，還沒……沒有，等一下。」

她放下電話，馬丁・貝克不耐地敲扣著桌子，他聽得見尼曼太太在跟某人說話。也許是她兒子吧，但他聽不清楚內容。

「喂？」

「是的。」

「我在跟史提芬講話。我們當時在看電視，先是亨利・鮑嘉的電影，但實在不好看，所以我們就轉到第二頻道。第二頻道有班尼・希爾*的綜藝節目，節目才剛開始，電話就響了。」

「太好了，節目那時開演多久？」

「才幾分鐘而已，不會超過五分鐘。」

「謝謝你，尼曼太太。還有一件事。」

「什麼事？」

「你記得當時霍特是怎麼說的嗎？」

「不記得，沒辦法每個字都記得，他只說要跟史提格講話，所以我就說——」

「請恕我插嘴，他是不是說：『我能跟史提格講話嗎？』」

「當然不是，他講話很有分寸。」

「怎麼個有分寸法？」

「他先是表示抱歉，然後問我能不能請尼曼組長接電話。」

「為什麼要抱歉？」

「當然是因為這麼晚打電話來。」

「你怎麼說？」

「我問他是誰。我說：『請問你是哪位？』」

「霍特先生怎麼回答？」

「『我是尼曼組長的同事。』之類的，然後他就自報姓名了。」

「那你怎麼說？」

* 班尼．希爾（Benny Hill, 1924-1992），英國喜劇演員，其綜藝節目*The Benny Hill Show*播出長達三十六年。

「我說過，我立刻就想起他的名字，我知道他以前也曾打過電話，而且他是少數史提格欣賞的人。」

「以前打過電話？有多常打？」

「過去幾年打過幾次吧，我先生身體還健康時，家裡電話幾乎都是他接的，所以這位霍特先生也許打過很多次。」

「後來你怎麼說？」

「這些我都告訴過你了呀。」

「對不起，我得請你再說一遍，」馬丁・貝克表示，「這件事也許很重要。」

「我說史提格病了。他似乎很訝異，而且難過，問我嚴不嚴重，然後……」

「然後怎麼樣？」

「然後我說他病得很重，現在人在醫院。接著他問我能不能去探病，我說外子大概不會希望他去。」

「霍特沒再追問嗎？」

「是的，他很清楚史提格的為人，我是指工作方面。」

「可是他說他要送花過去？」

這是最關鍵的問題了，馬丁．貝克心想。媽的。

「是的，而且他還想寫張卡片，所以我就說史提格住在薩巴斯山，我還把房間號碼給了他。我記得史提格提過好幾次，說霍特這個人很可靠、守本分。」

「然後呢？」

「他又跟我道了歉，謝過我，然後道晚安。」

馬丁．貝克也向尼曼太太道謝。匆匆說了再見後，他轉身問隆恩說：

「你昨晚有看電視嗎？」

隆恩一臉難過地看著他。馬丁．貝克說：

「啊，當然沒有，我知道你在加班。不過你可以查出班尼．希爾的節目在第二頻道是幾點播出的吧？」

「應該沒問題。」隆恩懶洋洋地晃進休息室。

隆恩回來時手上拿了份報紙，研究半天。

「九點二十五分。」

「所以霍特是晚上九點半打去的，除非有緊急事件，某則這時打電話算滿晚的。」

「他沒什麼重要事嗎？」

「他似乎沒提到，不過他倒是打聽出了尼曼的所在。」

「當然囉，因為他想送花過去嘛。」

馬丁・貝克凝視隆恩良久，他需要把這整件事講清楚。

「隆恩，你能聽我說一下嗎？」

「好啊，可以吧。」

馬丁・貝克知無不言地把霍特過去二十四小時的行蹤，從打那通電話、在他家的對話，以及目前的行蹤不明整個交代一遍。

「你認為殺了尼曼的是霍特？」隆恩很少這樣單刀直入地問。

「我倒不敢那麼說。」

「我覺得聽起來有點牽強，」隆恩表示，「而且很詭異。」

「說得委婉些，霍特的行為也很詭異。」

隆恩沒回答。

「總之，我想找到霍特，問問他那通電話的事。」馬丁・貝克激動地說。

他的語氣對正張著嘴打呵欠的隆恩完全沒有作用。

「那就用無線電傳呼他嘛，」他說，「霍特不可能跑遠。」

馬丁．貝克訝異地看著他。

「你的提議倒是挺有建設性的。」

「建設性是什麼意思？」隆恩問，好像被人指責了一樣。

馬丁．貝克再度拿起電話，開始指示，一找到霍特隊長，立刻請他跟國王島街的制暴組聯絡。

交代完畢後，他坐在桌邊用手撐著頭。

他覺得有件事不太吻合，而且內心的危機感還是揮之不去。是誰讓他有了這樣的危機感？是霍特嗎？還是有什麼事被他忽略掉了？

「不過還有個問題。」隆恩說。

「什麼？」

「如果我打電話給你老婆，說要找你——」他自己把話打斷。「錯了，不會有這種事，」他咕噥說，「你已經離婚了。」

「你到底想說什麼？」

隆恩想著該怎麼表達比較妥當。

「如果你結婚了，我打電話過去，接聽的是你老婆，我說要找你，而她問我是誰，那我……」

「你會怎樣？」

「我不會說：『我是埃拿・范倫鐵諾・隆恩。』」

「埃拿・范倫鐵諾・隆恩是何方神聖？」

「就是我啊，那是我的全名，我媽用電影明星的名字為我取的。她有時候真的有點怪。」

馬丁・貝克聞言精神大振：

「所以你的意思是……」

「我的意思是，霍特打了電話，對尼曼的太太自稱是派曼・哈洛德・霍特，這是件很奇怪的事。」

「你怎麼會知道他的全名？」

「你把他的名字寫在那邊的板子上呀，還有……」

「還有什麼？」

「還有，我自己的報告裡也有，愛力森的投訴信裡提過。」

馬丁・貝克的眼神逐漸清醒了。

「幹得好，隆恩，」他說，「非常好。」

隆恩呵欠連天。

「這邊由誰值班？」馬丁・貝克突然問道。

「剛瓦德，不過他現在不在，這種事他處理不來。」

「一定還有別人吧。」

「有啊，史托葛林。」

「米蘭德呢？」

「應該在家吧。他最近都休星期六。」

「我想，我們也許應該去查一下愛力森這傢伙，」馬丁・貝克說，「問題是，我對他的事完全沒有印象。」

「我也是，」隆恩說，「不過米蘭德記得，他那個人什麼事都不會忘。」

「叫史托葛林把所有關於愛力森的資料通通拿來，還有，打電話叫米蘭德立刻來局裡。」

「這大概會有點困難。他現在是副組長了，不喜歡被迫銷假。」

「就說是我在找他。」馬丁・貝克說。

「好吧。」隆恩說完便拖著步子離去。

兩分鐘後他回來了。

「史托葛林去找了。」

「米蘭德呢？」

「他會趕過來，可是……」

「可是什麼？」

「他聽起來不太爽。」

要人眉開眼笑地趕來加班，有可能嗎？

馬丁・貝克只能等，等霍特出現。

然後等著跟米蘭德談談。

米蘭德是制暴組中少數的實力派戰將，此人記憶超人一等，為人雖然極其無趣，卻是難能可貴的探員。跟他相比，所有現代科技根本無足可取，因為米蘭德只要幾分鐘，就能從千頭萬緒中抽絲剝繭，挑出某個人或某件事的重點，接著清楚、明確地口述出來。

全世界找不到一部具備同樣功能的電腦。

不過話又說回來，米蘭德的字寫得並不好。馬丁・貝克看過米蘭德的筆記，字跡凌亂有如鬼在爬，保證一個字也看不懂。

19.

隆恩靠在門框上咯咯發笑，馬丁．貝克一臉不解地看著他。

「你在笑什麼？」

「我剛想到，你在找警察，而我也在找警察，搞不好咱們倆找的還是同一個人。」

「同一個人？」

「不會啦，應該不是。」隆恩說，「愛力森是愛力森，霍特是霍特。」

馬丁．貝克在想，他是不是該叫隆恩回家去了，因為根據今年初發布的新規定，警員每年加班時數不得超過一百五十個小時，任何一季以內則不得超過五十個鐘頭。隆恩現在還待在這兒，不知算不算違法。理論上，這表示警察薪水照領，班不准加，只有一種狀況除外——非常緊急的狀況。

這算非常緊急的狀況嗎？應該算吧。

也許他應該把隆恩抓起來，因為本季才過了四天，隆恩已經將加班時數用到了極限，警史上加班冠軍的頭銜非他莫屬。

除了這件事之外，偵察的工作正常進行，史托葛林搜出一大堆陳年報告，而且還不時翻出更多。

馬丁・貝克越看越煩，腦中也浮出更多想跟尼曼太太請教的問題。

可是拿起聽筒時，他卻又猶豫起來。這麼快又打過去，會不會太打擾她了？能不能由隆恩打去？不過，反正最後他還是得自己打給她，這麼一來反而更麻煩，不僅他得表示歉意，還得幫隆恩道歉。

想到這種慘狀，馬丁・貝克頓生勇氣，舉起聽筒，第四次撥電話給尼曼的遺孀。

「喂，尼曼公館。」

每次聽到尼曼太太的聲音，都覺得她的精神又好了一點，似乎已慢慢恢復正常。這證明人類的確非常有韌性。馬丁・貝克打起精神。

「喂，又是我，貝克。」

「我們不是十分鐘前才說過話……」

「我知道，實在很不好意思，我知道討論這件……事故，對你來說一定很不愉快。」

天哪，他難道不能想到比較婉轉的說法？

「我已經開始習慣了，」她冷冷地說，「這次又怎麼了，貝克組長？」

這一回，她倒是很清楚馬丁．貝克的位階。

「我想再回頭討論一下那通電話。」

「霍特隊長打來的那通嗎？」

「是的，沒錯，你說那不是你第一次跟他談話，是嗎？」

「是的。」

「你認得他的聲音嗎？」

「當然不認得。」

「為什麼？」

「因為我若認得，就不會問他是誰了。」

天哪！就這麼簡單，他真該讓隆恩打這通電話的。

「你難道沒想到嗎，組長？」尼曼太太問。

「沒有。老實說，我還真沒想到。」

大部分人此時大概已經羞得不知鑽到哪裡去了，但馬丁．貝克不然，他面不改色地繼續問道：

「所以那通電話有可能是任何人打來的？」

「不會有人沒事打來自稱是派曼・哈洛德・霍特吧？這樣不是很奇怪嗎？」

「我的意思是，打電話的人很可能不是霍特。」

「那會是誰？」

問得好，馬丁・貝克心想。

「你聽得出打電話的人年紀是老或小嗎？」

「聽不出來。」

「能不能描述一下他的聲音？」

「嗯……那聲音很清晰，有點粗啞。」

霍特的聲音確實是如此，粗啞而清晰，但很多警察都這麼講話，尤其是有軍方背景的人，而且當然不僅限於警察。

「直接去問霍特隊長不是更方便嗎？」尼曼太太問。

馬丁・貝克沒表示意見，只是繼續窮追猛問。

「當警察的人，幾乎無可避免會樹敵。」

「是的，我們第二次談話時你也提過。你知道嗎，組長，這是我們在十二小時內的第五次談話了。」

「我真的很抱歉。你說你不知道你先生生前是否有任何敵人。」

「是的。」

「可是你應該知道他在工作上有些問題吧？」

她似乎在笑。

「我真的不明白你的意思。」

沒錯，她真的是在笑。

「我的意思是，」馬丁．貝克殘忍地說，「是不是有很多人認為你先生是個惡警，而且濫用職權。」

這招果然有用，尼曼太太立即正色道：

「你是在開玩笑嗎，組長？」

「沒有，」馬丁．貝克稍稍柔聲地說，「我不是在開玩笑。許多人對你先生頗有微詞。」

「什麼微詞？」

「說他欺壓無辜。」

她倒抽一口冷氣。

「莫名其妙，」她說，「你一定把他跟別人搞混了。」

「我不這麼認為。」

「尼曼是我見過最溫和的人，例如說，我們一直都有養狗，而且是好幾隻，一隻接一隻地養。我們有四隻狗，尼曼好愛牠們，而且他非常有耐心，狗狗沒訓練好的時候也是，他會在牠們身上花上好幾個星期，而且從不發脾氣。」

「真的？」

「而且他從來不打小孩，尤其孩子還小的時候。」

馬丁・貝克自己以前就常打孩子，尤其他們還小的時候。

「所以，他從沒提過自己在工作上的問題？」

「沒有。我跟你說過了，他絕口不談工作。還有，你的話我一個字也不信，你一定弄錯了。」

「可是，他一定有些意見吧？我指的是對一般事物的意見。」

「有啊，他認為社會道德淪喪就是因為政府。」

嗯，有這種想法也不能怪他。問題是，尼曼隸屬的小集團若有機會改革社會，絕對會越搞越糟。

「還有別的事嗎？」尼曼太太問，「我真的還有很多事要做。」

「沒有了，目前沒有。真的很抱歉一再叨擾。」

「沒關係。」

她的語氣其實聽起來很有關係。

「不過，我們可能會請你來做聲音辨識。」

「霍特隊長的嗎？」

「是的，你認為現在還聽得出來嗎？」

「有可能。再見。」

「再見。」

馬丁．貝克推開電話，史托葛林拿了更多文件走進來，隆恩站在窗邊往外望，眼鏡滑在鼻頭上。

「好耶。」他靜靜說道。

又過了十五分鐘。

「霍特以前是哪個單位的？」

「騎兵。」隆恩說。

惡霸的天堂。

「愛力森呢？」

「炮兵。」

有十五秒的時間沒人說話。

「你是在想刺刀的事嗎？」隆恩終於說道。

「嗯。」

「我想也是。」

「你這話什麼意思？」

「任何人在軍用品店都可以花點錢買到那東西。」

馬丁・貝克沒說話。

他對隆恩一向沒特別欣賞，但他從沒來想過，自己給隆恩的感覺或許也一樣。

門上傳來輕響。

是米蘭德。

這世上也許只有這位老兄會在進門前敲自己房間的門。

20.

柯柏心裡一直很不安，他覺得一定會發生什麼大事，可是目前為止一切都還算平靜。屍體已經挪走，地板也刷洗乾淨；染血的床單拆掉了，床被移到一邊，床頭櫃也挪到另一邊，所有私人物品已全數放進塑膠袋中，再收進一只袋子裡，袋子目前正放在走廊上等人來領走。鑑識人員已經撤離了，就連粉筆在地上畫出的人形，也無法讓人想起尼曼曾經存在過。這方法已經很落伍，現在已經不太有人用，似乎只有新聞攝影記者還喜歡這一套。

房裡現在只剩下訪客的座椅，柯柏在椅子上坐下來潛心思索。

兇手行兇後會做什麼？經驗告訴他，有很多種答案。

柯柏自己也曾殺過一個人，事後他做什麼了？他對這件事認真想了許久，事實上，長達好幾年，最後他將警槍、執照及一切通通繳回單位，表示自己永遠不想再攜槍。那已是好幾年前的事，柯柏隱約記得，自己最後一次帶槍是一九六四年夏天，在莫塔拉偵辦那起惡名昭彰的羅絲安娜案。然而柯柏有時還是會想起那件不愉快的往事，就像偶爾在鏡中瞥見自己、卻彷彿看到兇手的嘴臉一樣。

在組裡這些年，柯柏目睹過不計其數的凶殺案，他知道人在行凶後會有各種反應。有人會嘔吐、有人去大吃一頓、有的自殺、有人倉皇逃逸，漫無目標地狂奔，還有人只是靜靜地回家睡覺。

揣測不僅是難如登天，對偵察工作也毫無益處，因為那很可能反而造成誤導。然而，尼曼謀殺案的情境讓柯柏不禁自問：那個使刺刀的人事後做了什麼？目前又在幹嘛？什麼情境？兇手的暴行必然是內在暴力的外顯，那股怨恨勢必需要進一步的宣洩。

但事情真有這麼簡單？柯柏牢牢記得自己在接受尼曼的傘兵訓練時的種種感受。一開始他覺得既脆弱又噁心，根本食不下嚥，但不久後他就能從鮮活、跳動的動物內臟堆裡爬出來，脫掉衣服，沖個澡，然後直接走進飯廳，狼吞虎嚥地喝咖啡吃飯了。所以就連那樣血腥的事，也能成為慣性的例行公事。

另一個影響柯柏思慮的是馬丁・貝克的反應。柯柏是個很敏感的人，尤其是對上司的一舉一動。他太清楚馬丁・貝克的為人了，上司的行為有一絲差別，他都能輕而易舉地察覺。馬丁・貝克今天似乎很不安，也許還很惶恐，如此情形非常罕見，而且背後必然有其原因。

所以柯柏才會坐在這裡苦思：兇手行凶之後會做什麼？

一向勇於大膽揣測的剛瓦德・拉森很快便有了答案。

「也許他直接回家，一槍把自己打爆了。」他說。

這答案當然值得參考，也許事情確實就這麼簡單。拉森常常猜中，可是最後也經常猜錯。

柯柏覺得人就是這樣。但也不必想太多，他一向懷疑拉森身為警察的辦案能力。

現在，這位頗受他質疑的老兄正帶著一名六十開外的胖禿子，大步走進房裡，因而打斷了柯柏的思緒。那胖子看起來很沮喪，不過跟剛瓦德・拉森走在一起的人大多都會是那種表情。

「這位是柯柏。」剛瓦德・拉森說。

柯柏站起來，狐疑地看著眼前的陌生人。拉森簡要地介紹：

「這位是尼曼的醫生。」

兩人互相握手。

「柯柏。」

「布朗勃。」

接著剛瓦德・拉森開始丟出一大堆毫無意義的問題。

「你叫什麼名字？」

「剛納。」

「當尼曼的醫生多久了？」

「二十多年。」

「他到底是什麼病？」

「你們外行人大概聽不太懂……」

「說說看。」

「就連醫生也有點難搞懂。」

「哦？」

「我剛剛才看完X光片，總共七十張。」

「然後呢？」

「診斷結果很不錯，是好消息。」

「什麼好消息？」

拉森一副咄咄逼人的樣子，醫生只好趕快繼續說道：

「我的意思當然是指，如果他還活著的話，會是很棒的消息。」

「意思是？」

「他可以痊癒。」

布朗勃想了一會兒，然後修正自己的說法。

「嗯，至少能恢復到不錯的健康狀態。」

「他到底哪裡有病？」

「我說過了，我們診斷出史提格的腸子裡長了一個中等大小的囊腫。」

「長在哪裡？」

「小腸，肝臟也長了一個小腫瘤。」

「那是什麼意思？」

「表示他可以恢復得還不錯，我剛才說了，囊腫可以開刀取掉，那不是惡性腫瘤。」

「什麼是惡性腫瘤？」

「就是癌症，會致命的。」

拉森顯然信心大增。

「沒像你說的那麼難懂嘛。」他說。

「但是各位也許知道，我們無法在肝臟上動手術，不過腫瘤很小，史提格應該還有好些年可活。」布朗勃醫師點頭強調這番說法，「史提格的身體很壯，狀況很不錯。」

「什麼？」

「我是指他生前。他血壓正常，心臟又強，健康狀況很不錯。」

拉森似乎問夠了。醫生做勢打算離去。

「請等一下，醫生。」柯柏說。

「怎麼了？」

「你當尼曼組長的醫生很長一段時間了，你很了解他，是吧？」

「沒錯。」

「尼曼是個怎麼樣的人？」

「這位警官是指除了他的身體狀況之外。」剛瓦德・拉森說。

「我不是心理學家，」布朗勃搖頭說，「我只想談內科的事。」

但柯柏不死心。

「你對他一定有些看法吧。」

「史提格・尼曼跟我們一樣，是個複雜的人。」醫師含糊其詞地說。

「你只有這些話要說嗎？」

「是的。」

「謝謝。」

「再見。」剛瓦德・拉森說。

這次談話就這麼結束了。

內科醫師離去後，剛瓦德・拉森又犯了老毛病，開始一根根輪流拉扯他長長的手指，讓指節啪啪作響。有幾次拉了兩、三回才發出聲音，尤其右手食指還拉了八次之多。

柯柏無可奈何地默默忍受。

「拉森啊——」最後他說。

「幹嘛？」

「你為什麼要那樣弄？」

「這是我自己的事。」拉森表示。

柯柏繼續猜測兇手的行蹤。

「拉森，」一會兒後柯柏說，「你能不能想像自己就是殺害尼曼的兇手，然後來猜測他的動機和事後動向？」

「你怎麼知道兇手是男的？」

「會使那種武器的女人很少，而且腳要大到穿十二號鞋的女人更少。你能設身處地想想看嗎？」

拉森清澈的藍眼定定看著他。

「不行，我沒辦法，哪有可能？」

他抬起頭，撥開眼前的金髮，然後側耳傾聽。

「那究竟是什麼噪音？」拉森問。

附近傳來叫鬧聲，柯柏和拉森立即離房來到外頭。一輛局裡的黑白色巴士停在階梯前，五十呎外有五名年輕巡警和一位年紀稍長、穿著制服的警官，正忙著將一群老百姓推開。

巡警們手拉著手，指揮的警官則威脅地舉著塑膠警棍，在短齊的灰髮上揮舞著。

群眾裡夾雜了幾個攝影記者、幾位穿著白外套的醫院女勤務官、一名穿制服的司機和一大堆男女老少，這些人大概是來醫院命案現場看熱鬧的吧。其中幾位大聲發出抗議，有名年輕人從地上撿起一個空啤酒罐擲向警員，結果沒丟中。

「把他們抓起來，」警官大吼，「太胡鬧了。」

白色警棍紛紛出籠。

「等等！」剛瓦德・拉森聲如洪鐘地喊道。

所有人停下手來。

他走向群眾。

「怎麼回事？」

「我在清空禁區前面。」老警官說。

他袖子上的金條表示他是隊長。

「可是天啊，這裡哪有什麼地區要禁的？」剛瓦德・拉森憤憤地說。

「是啊，霍特，拉森說得沒錯。」柯柏表示，「你是去哪裡招來這些巡警的？」

「第五分局的緊急小組。」隊長邊說，邊自然而然地乖乖站好。「他們已經來了，我這就去指揮他們。」

「立刻停止這場鬧劇，」拉森說，「在階梯口派名警衛，禁止未經授權的人離開大樓。其實我覺得那也不是很有必要。還有，把其他人遣回他們的轄區，我想那邊更需要他們。」

警局巴士裡傳來靜電的噪音，隨後是硬梆梆的聲音。

「霍特隊長請聯絡總局，向貝克組長報到。」

霍特手裡還握著警棍，快快不悅地看著兩名幹員。

「怎麼了，」柯柏說，「你不去跟總局聯絡嗎？好像有人在找你。」

「不急，」霍特說，「反正我是自願來這兒的。」

「我想我們這兒不需要志願軍。」柯柏說。

他錯了。

「簡直是胡鬧。」拉森表示，「不過，至少我該做的都做了。」

拉森也錯了。

就在拉森大步朝自己的車踏去的當下，這時，一記槍響傳來，接著有人尖聲狂亂地高喊救命。

剛瓦德・拉森困惑地停下腳，看看手錶，十二點十分。

柯柏也立即做出反應。

也許這就是他一直在等待的事情。

21.

「至於愛力森，」米蘭德放下一大疊報告，「說來可就話長了。你一定已經知道他的一些事。」

「就假設我們什麼都不知道，從頭告訴我們吧。」馬丁・貝克表示。

米蘭德靠回椅上，開始去填菸斗。

「好，」他說，「就從頭說起吧。愛力森一九三五年生於斯德哥爾摩，是家中獨子，父親是車床工人。他一九五四年高中畢業後去服役，退伍後申請到警隊工作，同時在候補軍官夜校及警校上課。」

他細細地點燃菸絲，在桌子上空吹出朵朵煙團。坐在對面的隆恩皺眉咳著，米蘭德置之不理地繼續吞雲吐霧。

「嗯，」他說，「那是愛力森前半生比較無趣的簡歷。一九五六年，他開始在卡塔力那郡轄區擔任巡警，隨後幾年也沒什麼好說的。就我所知，他是個很普通的警員，不特別好，也不特別壞，沒人對他有抱怨，不過話又說回來，我也想不出他在哪方面特別傑出。」

「他一直都在卡塔力那郡轄區嗎？」馬丁・貝克站在門邊，單手搭在檔案櫃上問。

「不。最初四年裡，他差不多換了三、四個不同的轄區。」

米蘭德停下來，皺皺眉，將菸斗從嘴裡抽出，用菸管指著馬丁・貝克。

「更正一下，」他說，「我剛提到他沒有哪方面特別傑出，其實我說錯了。他是個相當傑出的射擊手，比賽一向拿高分。」

「對，」隆恩表示，「我也記得，他的槍法很準。」

「他的長距離射擊也很厲害，」米蘭德說，「他在這段期間常自願去接受軍官訓練，一放假就到候補軍校去。」

「你剛才說他最初幾年待了三、四個不同轄區，」馬丁・貝克說，「有沒有到過尼曼的轄區？」

「有，他待過一陣子，從五七年秋到五八年一整年。接著尼曼就轉調轄區了。」

「你知道尼曼是怎麼對待愛力森的嗎？尼曼可能會把他不喜歡的人整得很慘。」

「看不出尼曼對愛力森有比對其他年輕警察嚴厲，而且愛力森對尼曼的控訴跟那段期間沒什麼關係。不過，照尼曼那種『訓練男子漢』的方法，我想愛力森應該也不會好過到哪兒去。」

米蘭德剛才這番話是說給馬丁．貝克聽的，說完後，他看著縮在訪客椅裡一副隨時就快睡著的隆恩。馬丁．貝克循著他的眼光望去。

「來杯咖啡如何，隆恩？」他說。

隆恩直起身子。

「好啊，我自己去倒。」

馬丁．貝克看著他踉蹌地走出房間，心想自己不知是否看起來也同樣狼狽。

等隆恩端著咖啡回來，再次跌回安樂椅時，馬丁．貝克看看米蘭德說：

「繼續說吧。」

米蘭德放下菸斗，嘖嘖有聲地喝著咖啡。

「媽呀，」他說，「好難喝。」

他把塑膠杯推到一邊，繼續抽起最愛的菸斗。

「一九五九年初，愛力森結了婚，老婆比他小五歲，叫瑪雅，芬蘭人，不過她在瑞典住了很久，在攝影公司當助理。她的瑞典文不是很好，後來的事也許跟這個也有關。他們在結婚當年十二月生了孩子，瑪雅便辭職改當家庭主婦。孩子一歲半時，也就是在六一年的夏天，瑪雅死了，那件事你很難忘記的。」

隆恩難過地點點頭表示同意——或者，他只是在打盹？

「是啊，不過，還是跟我們說一說吧。」馬丁・貝克表示。

「噢，」米蘭德說道，「史提格・尼曼大概就是這時出場的，還有霍特，當時他是尼曼轄區的巡佐。瑪雅死於他們轄區的酗酒犯牢房，時間是一九六一年六月二十六跨二十七日的夜裡。」

「當晚尼曼和霍特在局裡嗎？」馬丁・貝克問。

「他們把瑪雅帶進局裡時，尼曼在，但他後來回家去了，確切時間不詳。當晚霍特出去巡邏，可是瑪雅被人發現死在牢房裡時，他剛巧也在局裡。」

米蘭德把一根迴紋針拉直，將菸斗裡的菸絲清進菸灰缸裡。

「警方做了調查，重建整起事件的經過。事情似乎是這樣的：六月二十六日白天，瑪雅帶著女兒到維克崧找朋友，因為她的攝影師老闆請她幫忙兩個星期，而瑪雅的朋友答應幫忙照顧孩子。當天傍晚，瑪雅又回到城裡，愛力森當晚七點下班，瑪雅想趕在他之前回家。對了，愛力森當時並不在尼曼的轄區做事。」

馬丁・貝克的腿開始發麻，因為房裡兩張座椅都有人坐了。他離開檔案櫃，走到窗邊半坐在窗台上。他向米蘭德點點頭，請對方繼續。

「瑪雅有糖尿病，需要定時注射胰島素。知道這件事的人不多，像她那位維克崧的朋友就不知情。瑪亞對注射從來不敢掉以輕心，她大意不得，不過出事那天，她偏偏把針筒忘在家裡。」

馬丁・貝克和隆恩兩人緊盯著米蘭德，似乎在努力估量他對此事的看法。

「兩名尼曼轄區的巡警晚上七點剛過時看到瑪雅，她坐在長椅上，好像連站都站不穩。他們試著跟她說話，最後認定她嗑了藥或喝得爛醉，便把人拖進計程車載回警局。他們在聽證會上表示，他們把瑪雅帶進局裡時，不太知道該拿她怎麼辦，因為她根本沒有反應。事後計程車司機表示，瑪雅用外語、也就是芬蘭語說了些什麼，三人在車裡好像鬧了一陣子，不過兩名巡警自然是矢口否認。」

米蘭德停下良久，去弄他的菸斗。

「根據這些巡警最初的供詞，尼曼看了瑪雅一眼之後，就叫他們暫時先把她關進酗酒犯牢房。尼曼否認見過瑪雅，後來的聽證會上巡警又改變說詞，表示他們把瑪雅帶到警局時，尼曼應該是在忙別的事。他們自己則因為有緊急任務在身，不得不立刻離開。據牢房守衛說，是兩名巡警自行決定把瑪雅關起來的，也就是說，大家互相推諉。在牢房裡的瑪雅一直沒發出半點聲響，守衛以為她睡著了，而且隨後的三個鐘頭內都沒將她移到刑事組。換班時，值夜守衛打開牢房，發現她已經死了。當時霍特也在，他打電話叫救護車，但他們沒送她到醫院，因為她已經沒有呼吸了。」

「她是幾點死的？」馬丁·貝克問。

「看起來是一個小時前。」

隆恩在椅子上坐直了身體。

「糖尿病患者……」他說，「我的意思是，患有這類疾病的人，身上不是都會帶張卡或什麼的，表示自己有疾病嗎？」

「沒錯，」米蘭德說，「瑪雅身上也帶了卡，就放在她的皮包裡。不過你們大概也曉得，他們根本沒去搜她的身。分局裡沒有女職員。如果她去刑事組，就會被搜身，可是她一直沒去。」

馬丁·貝克點點頭。

「後來在聽證會上，尼曼說他從沒見過瑪雅或她的皮包，所以兩名巡警和守衛只得扛下所有責任。就我所知，他們也只被記了支警告。」

「愛力森知道後有什麼反應？」馬丁·貝克問。

「他崩潰了，請了幾個月的病假，此後整個人了無生趣。當時他等不到妻子回家，接著又發現瑪雅沒帶注射筒出門。於是他先打電話找遍各醫院，隨後開車出去找人，因此瑪雅死後隔了一段時間，他才得到消息。我想他們一開始並沒告訴他實情，但最後他一定知道出了什麼事，因為愛力森在九月寄出了第一封指控尼曼及霍特的控訴信，可是調查案當時已經結束了。」

22.

米蘭德的辦公室裡變得一片死寂。

他雙手扣在頸背後，望著天花板；馬丁．貝克靠在窗台，若有所思地看著米蘭德；隆恩只是呆呆坐著。

最後是馬丁．貝克打破了沉寂。

「愛力森在妻子過世後怎麼樣了？我是說，不是外顯的狀況，而是他的心理狀態？」

「這個嘛，我不是心理學家，」米蘭德說，「而且也沒看到專家的意見，因為就我所知，愛力森在六一年九月返回工作崗位後，就沒去看過醫生。也許他當時該去看的。」

「但事發之後他整個人就變了，是嗎？」

「是的，」米蘭德說，「他的心性顯然有了變化。」

他的手擱在史托葛林從各檔案中搜集過來的大疊文件上。

「這些你們讀過沒？」他問。

隆恩搖搖頭。

「只看了一部分，」馬丁・貝克說，「那個不急。我想，如果你能為我們做簡報，大家很快就能有個清楚的概念。」

馬丁・貝克想稱讚米蘭德一兩句，但他沒這麼做，因為他知道米蘭德不吃這一套。

米蘭德點點頭，將菸斗放回嘴裡。

「好吧。愛力森回來上班後，開始變得沉默寡言，什麼事都往心裡擱。其他同事為他打氣也沒用，他們最初對他很有耐心，知道他遭逢不幸，為他感到難過。可是他只有在逼不得已時才會說幾句話，加上又不聽別人說話，搞得人人避之唯恐不及。愛力森以前人緣很好，大家大概是希望他一旦熬過最慘的時期，就能恢復常態，但愛力森卻每下越況，越來越易怒、陰沉，而且剛愎自用。他開始寄出充滿抱怨、威脅和指控的信件，一寄就是接連數年。我想我們大概都收過一、兩封吧。」

「我可沒有。」隆恩說。

「也許不是寄給你個人，不過你應該看過他寄到制暴組的信。」

「看過。」隆恩說。

「他先是向政風處報告尼曼和霍特怠職，他寄了很多次的控訴信，後來開始指責所有人失職，連其他地方的長官也都被他指控。他打過我的小報告，還有你，馬丁，對不對？」

「噢，沒錯。」馬丁．貝克說，「說我不肯重新調查他妻子的命案，但那已經是很久以前的事，事實上，我都忘了這號人物。」

「大約在他妻子死後一年，愛力森變本加厲到連分局主管都要求將他調離。」

「用什麼樣的理由？」

「那位組長是個好人，一直很包容愛力森的作為，但愛力森最後實在太不像話，組長總得顧及別人吧。他說，愛力森無法與人相處合作，若將他調至更適合的分局，也許對他比較好。那位組長大概就這麼說。總之，愛力森在六二年夏天被調到新轄區，他在那邊人緣也不怎麼好，而且新老闆不像舊老闆那麼支持他，其他巡警對他也頗有微詞，加上他又染上一些惡習。」

「什麼惡習？」馬丁．貝克問，「變得很暴力傾向嗎？」

「沒有，完全不會，愛力森不是粗暴的人，很多人甚至認為他有點爛好人，他對每個人都很規矩。問題是，他太龜毛了，十五分鐘能搞定的事，他可以磨上好幾小時，老在無關緊要的細節上打轉。他有時會完全忽略上頭的指示，去做些自認為重要、卻毫不相干的事。他會越權插手別人的工作，批評同事，也批評長官，事實上，他的那些報告和控訴信都是在寫這些——說局裡的人從下至上，小至警校生，大至分局局長，無一不失職。我想他八成連內政部長也都罵進去，因為當年內政部長是警界最高長官。」

「他認為自己很完美嗎？」隆恩問，「或許他自視高人一等。」

「我說過我不是心理學家，」米蘭德表示，「不過，看來他妻子的死讓他對整個警界心生怨恨，而不只是對尼曼和尼曼的同僚而已。」

馬丁・貝克走回門邊，單臂撐在檔案櫃上，擺出他的標準姿勢。

「你是說，他拒絕接受警界是會發生這種事的地方？」他說。

米蘭德點點頭，抽著已滅的菸斗。

「對，至少我想他是那麼認為。」

「知道他這段期間私底下的生活情形嗎？」馬丁・貝克問。

「所知不多，他是個獨行俠，在局裡沒有任何朋友。他結婚後就放棄警官培訓了。他常去練射擊，但除此之外，就沒參加任何警方的運動項目。」

「人際關係呢？他有個女兒，現在應該……幾歲了？」

「十一歲。」隆恩說。

「是的，」米蘭德表示，「他獨力拉拔女兒，兩人住在他和妻子剛結婚時住的房子。」

米蘭德沒有孩子，但隆恩和馬丁・貝克忍不住心想，單親警察爸爸要帶孩子真的會很辛苦。

「他沒有找人幫忙帶孩子嗎？」隆恩不可置信地問，「我是說，他去上班時怎麼辦？」

隆恩的兒子剛滿七歲，過去七年，尤其在放假和週末期間，他常訝異地發現，單單就這麼一個小孩，有時竟能二十四小時全天占據兩個大人所有的精力與時間。

「直到一九六四年，他都把女兒放在托兒所。由於父母都健在，愛力森值夜班時，他們也會幫忙照顧。」

「之後呢？」隆恩問，「六四年之後呢？」

「之後我們就毫無所知了。」馬丁·貝克說完後，以詢問的眼光看米蘭德。

「沒錯。」米蘭德說，「他在當年八月被革職。沒有人想念他，任何跟他有牽扯的人都因為種種原因，只想盡快忘掉此人。」

「我們連他後來做了什麼工作都不知道嗎？」馬丁·貝克問。

「他在同年十月申請了一份夜間守衛的工作，但我不知道他有沒有拿到那份工作。後來他就消失了。」

「他被革職這件事，」隆恩說，「算是壓垮駱駝的最後一根稻草嗎？」

「什麼意思？」

「我是說，他是因為有太多問題，還是因為做了什麼特別的事才被革職？」

「其實駱駝本來就快垮了，但導火線是因為他破壞了規矩。八月七日星期五，愛力森當天下午在美國大使館外值勤，那是一九六四年反越戰大遊行舉行之前。你們大概也都記得，那時美國大使館前固定只留一個人監視而已，那工作大家都不喜歡，因為只是無聊地在外頭走來走去。」

「不過當年咱們還是可以揮揮警棍的。」馬丁・貝克說。

「我記得有個傢伙很妙，」隆恩說，「誰要是警棍能耍得像他那麼好，保證可以進馬戲團。」

米蘭德懶洋洋地瞄了隆恩一眼，然後看看錶。

「我答應莎嘉回家吃中飯，」他說，「能不能讓我繼續……」

「抱歉，我只是剛好想起那傢伙。」隆恩悶悶地咕噥道，「請說吧。」

「我剛講過，愛力森應該要監視大使館，但他就是不甩這任務。他找人到大使館跟他換班，接著就翹班去了。愛力森在一個星期或更早之前，被派往費吉修夫街的某大樓，那裡有個門房死在地下室。那位門房把繩子套在爐房管子上吊自盡，絕無他殺可能。警方在地下室內一間上鎖的房間裡找到一堆贓物——相機、收音機、電視、家具、地毯、圖畫及種種當年偷來的東西。這門房是負責把風的，警方幾天後抓到把贓貨藏進地窖的那批人。愛力森其實只要去叫人來，合力封鎖那地區，也就是叫分局的人過來，再把情況報告上去就好了。但他覺得事情還沒查完，我記得他好像認為門房是遭人謀殺，而且他希望能抓到更多同夥。結果他沒回大使館，反而溜到費吉修夫街向居民東探西問，他實在不該溜班的。平時也許不會有人注意到，偏偏算他倒楣，當天下午大使館前就有一場大型示威活動。那天的兩天前，也就是八月五日，美國對北越展開攻擊，在沿海地區投彈，因此大使館前聚集了好幾百人，抗議美國的侵襲之舉。由於示威來得突然，大使館自己的安全人員被攻得出其不意，而這位愛力森又不知去向，所以警方過了好久才趕到。示威過程原本很平和，群眾高喊口號，舉牌站在四周，他們的代表走進大使館，將寫好的抗議聲明書遞交給大使。可是你們也知道，一般警察並不習慣處理示威活動，他們把它當暴亂去處理，結果搞得雞飛狗跳。一大群人被拖進警局，有些被整得很慘，他們把這些全怪罪在愛力森頭上，由於他嚴重失職，因此立刻被革職，幾天後便正式下台一鞠躬了。」

米蘭德站起來。

「敝人米蘭德也要下台一鞠躬了，」他說，「我可不想錯過午飯，希望各位今天不必再來找我。不過，若是需要，各位知道我會在哪兒吧。」

他收好菸草袋和菸斗，穿上外套。馬丁．貝克走過去，在他的椅子上坐下。

「你們真的認為尼曼是愛力森殺的嗎？」米蘭德站在門口問。

隆恩聳聳肩，馬丁．貝克沒答腔。

「我覺得不太可能。」米蘭德說，「如果他要殺尼曼，在他老婆死時早該下手了。十年了，恨意和報復之心應該會漸漸淡去。你們查錯方向了。不過，祝各位好運，再見。」

他離開了。

隆恩看看馬丁・貝克。

「也許他說得沒錯。」

馬丁・貝克默默坐著，不經意地看著桌上的文件。

「我在想米蘭德的話。關於愛力森的父母。也許他們現在還住在十年前的老地方。」

他開始用心去看那堆文件。隆恩半個字都沒吭聲，冷眼看著他。馬丁・貝克終於找到他要的資料。

「這是地址，在西潔特*的葛拉索德拉來路。」

* 位在斯德哥爾摩的西南方處，兩地相距約十三公里。

23.

這輛黑色普里茅資有白色的擋泥板，車頂有兩盞藍燈。彷彿這樣還不足以表明身分，所以連車子的引擎蓋、後車廂及兩側都用超大的白色字母寫著「POLICE」、「POLICE」、「POLICE」。

車牌上的B表示車子是在斯德哥爾摩之外登記的。此刻它正快速越過諾土爾市界，離開大路，駛向烏撒拉，而且更重要的是，它駛離了蘇納警局。

巡邏車很新，配有各種現代裝備，但精進的科技並未提升警員的素質，對卡爾·克里斯森和寇德·卡凡特這兩位巡警也不例外。這兩位斯堪尼省來的金髮巨漢，已經當了十二年巡警，雖然立過幾件功勞，但處置失當的任務更是不計其數。

此刻，兩人的麻煩似乎又要降臨了。

克里斯森四分鐘前被迫逮捕「肥屁」，這跟惡運或衝動無關，而是對方公然挑釁，所以實在令人忍無可忍。

事情始於卡凡特將車停在綠地總站前的報攤。卡凡特當時掏出皮夾，借了克里斯森十克朗，克里斯森拿了錢走下車。

克里斯森老是缺錢，因為他的錢全拿去賭足球了。這世上只有兩個人知道他的惡習，一是卡凡特，因為巡邏車裡的同伴相互依靠，任何祕密都瞞不了。另一個是克里斯森的老婆夏思婷，她自己也很好賭。事實上，這對夫妻連性生活都不要了，兩人在一起時只是忙著填賭單，計算複雜無比的機率，還叫兩個小孩幫忙簽選，拿那些訂做的骰子相輔核算。

克里斯森在報攤上買了《體育新聞》和其他兩份專業報紙，還幫卡凡特買了一條甘草糖。他右手接過零錢放進口袋，左手拿著報紙，一邊轉身返回車上，一邊瞄著報紙頭版。他正專心想著自己押注的「磨牆隊」這回能不能順利迎戰「普茲茅斯隊」時，突然聽到身後有人說話。

「你忘了這個啦，警官。」

克里斯森感覺有個東西從他外套上擦了過來，他本能地伸出口袋裡的右手，抓住某個又冰又滑的東西。克里斯森嚇了一跳，抬眼一看，竟然看到肥屁的大臉。

接著他看看手裡抓的東西。

克里斯森正在值勤。他站在人群擁擠的公共場合裡，身穿制服，鈕釦晶亮，配著肩帶和手槍，腰上的白皮套裡還插著警棍。他看到自己手裡握著一條醃豬腳。

「送你的，希望你喜歡。大口吃吧！」肥屁大聲說道，然後放聲狂笑。

肥屁是個流浪漢兼小販，他的綽號非常名符其實，因為他的屁股實在大得離譜，以至於頭和四肢相形之下顯得相當退化。肥屁身高不足五呎，也就是說，比克里斯森和卡凡特矮了一呎。

不過，肥屁討人厭的倒不是他的大屁股，而是他那身行頭。

肥屁穿了兩件長外套、三件西裝夾克、四條褲子和五件背心，加起來有五十個口袋，他還喜歡隨身攜帶現金，而且全是面值小於十歐爾的銅板。

克里斯森和卡凡特已經逮過肥屁十一次，不過只將他帶進局裡兩回，也就是最初的兩次，當時純粹是因為經驗不足、判斷錯誤之故。

第一次被抓時，肥屁的四十三個口袋裡共搜出了一千兩百三十個一歐爾硬幣、兩千七百八十個兩歐爾、兩千零二十七個五歐爾和一個十歐爾。光是搜身就耗掉了他們三小時又二十分鐘。後來在受審時，肥屁也確實因為侮辱執法警員而被罰了十克朗，他塞在巡邏車對講機上的豬鼻子也被公家沒收，但另一方面，克里斯森和卡凡特也被迫在放假時以證人身分出庭。

第二次他們的運氣也很背，那回，肥屁的六十二個口袋放了三百二十幾個克朗和九十三個歐爾，搜身花了七個小時，更慘的是，後來那個白痴法官竟然判肥屁無罪，因為法官大人不僅無法領略瑞典南部方言之美，還聽不出*fubbick*（低能）、*mögbör*（糞車）、*gåsapick*（鵝屌）及*puggasole*

（婊種）這些詞語所包含的輕蔑及羞辱之意。當卡凡特費盡千辛萬苦試圖解釋「*mögbör*」是什麼東西時，法官卻幸災樂禍地指出，克里斯森才是本案原告，而非那輛巡邏車；況且，侮辱一輛普里茅資車根本是不可能的事，尤其是在比較過其他交通工具之後。

肥屁跟克里斯森和卡凡特一樣，都是瑞典南方平原的人，三人皆深諳這些措詞用字之道。當時，在卡凡特最後衝口稱呼被告「肥屁」，而不是他的本名「卡爾·斐德瑞克·古斯塔夫·奧斯卡·強森·卡克」時，這兩人就全盤毀了。法官拍板定案，訓誡卡凡特不得在公開法庭上使用隱晦不明的方言罵人。

現在一切又要重來一遍。

克里斯森悄悄地四下張望，但除了一些滿臉期待、興奮得咯咯發笑的群眾之外，什麼也沒瞧見。

這時肥屁從內袋抽出另一隻豬腳。

「來呀，這是你親表哥嗝屁前送的啦。」他高聲說，「他的遺願就是把它送給跟他一樣豬頭的人；他正在天堂裡的豬圈裡等著你去。」

克里斯森困惑地睜著藍眼，尋找卡凡特，但卡凡特往另一個方向看，表示這一切跟他無關。

「你配上這蹄子很合，警官，」肥屁說，「不過你好像還缺條豬尾巴。沒關係，我們會補給你。」

肥屁將空出的手伸進衣袋。

四處可見幸災樂禍的臉孔，角落裡有個人大聲嚷嚷說：

「去啊，去給那混蛋好看哪。」

看到克里斯森猶豫不決，肥屁急了。

「死條子！」他尖聲罵道，「你媽生你欠兩顆卵蛋！」

群眾興奮地鼓譟。

克里斯森伸出豬蹄，想抓住肥屁，同時又急著想趁勢逃遁。他已經聽見肥屁口袋裡那成千上百枚硬幣在叮噹作響了。

「他用鹹豬手抓我啦。」肥屁哀嚎，聲音極為裝腔作態。「欺負老百姓，死條子欺負善良小販啦，我根本是好心沒好報。放開我啦，你這個豬生狗養的死條子！」

戰況正烈時，克里斯森的手卻被豬蹄占住，無法適時動粗，而肥屁更是占盡便宜，一把拉開警車的門，在克里斯森來不及使用武器前便跳進後座。

卡凡特連頭都沒回。

「克里斯森，你怎麼會那麼笨？」他說，「這麼容易就著了他的道？這都是你的錯。」

他發動引擎。

「天啊。」克里斯森無力地說。

「他想去哪兒？」卡凡特憤憤地問。

「蘇納街九十二號。」肥屁開心地尖叫說。

肥屁精得很，他要兩人把他載到轄區的中央警局，一心期待有人來幫他數硬幣。

「我們不能隨便將他丟在轄區裡，太冒險了。」卡凡特說。

「載我去警局啦。」肥屁哀求他們說，「用對講機通知說我們要來了，讓他們把咖啡準備好，這樣你們開始數錢時，我就可以喝一杯了。」他晃著身體，強調剛才所說的話。

一堆藏在衣服底下的銅板果然叮叮咚咚鬧成一團。

為肥屁搜身的工作會落在那個笨到把他帶回警局的人身上。這是眾人心照不宣的鐵律。

「問他想去哪兒。」卡凡特說。

「你自己不會問嗎。」克里斯森躁怒地說。

「又不是我把他帶上車的。」卡凡特頂回去，「我一直到他坐進車裡才看到他。」

卡凡特有一項看家本領，就是視而不見，聽而不聞。

克里斯森知道只有一個辦法能打發肥屁。他弄響自己口袋裡的零錢。

「有多少？」肥屁貪婪地問。

克里斯森掏出零錢看了看。

「至少六百五。」

「這分明是在賄賂嘛。」肥屁怨道。

賄賂這玩意兒實在很難定義，如果今天是肥屁給他們錢，那就是在收買公務人員了，但此時的情形恰恰相反。

「反正六百五不夠啦，我需要錢買酒。」

卡凡特掏出皮夾，再拿出一張紙鈔。肥屁一把抓過來。

「送我到賣酒的小店。」他說。

「先離開蘇納再說，」卡凡特表示，「媽的，那樣太冒險了。」

「那載我去司徒納街好了，那邊的人認識我，而且伐沙公園廁所附近也有我認識的人。」

「拜託，我們不能讓他在酒行門口大大方方地下車吧。」克里斯森緊張地說。

他們往南經過郵局，繼續往達拉街開去。

「我從這邊轉進公園，」卡凡特說，「開到半途再讓他下車。」

「喂，你還沒給我豬腳的錢。」肥屁說。

他們懶得扁他。以兩人的體型來說，那樣未免太勝之不武，而且他們也沒揍人的習慣，至少不會莫名其妙地亂打人。

更重要的是，他們都不是那種特別熱血的警員。卡凡特一向只呈報自己的所見所聞，而他就是有本事裝聾扮瞎；克里斯森則是個徹首徹尾的懶蟲，一切麻煩能免則免。

卡凡特沿著伊士曼牙科中心轉進公園。那裡頭樹林光禿禿的，看來空盪而荒蕪。卡凡特一轉過彎，便停車了。

「在這邊下吧，克里斯森，我開遠點再讓他悄悄下車。如果你看苗頭不對，就跟平常一樣吹哨子。」

車子裡氣味甚差，瀰漫著腳臭及殘留的嘔吐物味，但此時更刺鼻的卻是肥屁身上傳來的體臭與酒氣。

克里斯森點頭下車，將報紙留在後座，右手仍握著豬腳。

警車在他身後消失。他來到街上，看起來這邊情況很妥當，但他還是覺得有些不安。克里斯森煩躁地等卡凡特開車回來，以便兩人能安穩地回到自己的轄區。雖然每逢值班期間他就得聽卡凡特數落老婆，罵她身材走樣、脾氣火爆，不過他已經習慣了。克里斯森倒是很喜歡自己的老婆，尤其兩人一樣好賭足球，只是他很少提她罷了。

卡凡特似乎太過慢條斯理了，也許他不想被人瞧見吧，要不就是肥屁又抬高價錢了。

伊士曼牙科中心前的階梯上有片平台，中間有座石造的圓型噴泉，噴泉另一邊停了一輛黑色福斯，那車停得很不規矩，連克里斯森這個懶警察都看不過去。

克里斯森其實沒特別想做什麼，可是時間一拖再拖，所以便開始緩緩在圓型噴泉邊打轉，至少他可以假裝在檢查眼前這輛車吧。這位車主似乎相當地目中無人，竟然把車停成這樣。走過去瞧瞧一輛停在路邊的車子，並不表示一定得做什麼。

這噴泉直徑約十二呎，克里斯森踱到另一邊時，覺得陽光在對街大樓某扇窗戶上閃了一下。緊接著，他聽到一記尖銳的爆炸聲，同時右膝像被槌子敲中似的，下身的腿似乎就這麼消失不見了。克里斯森踉蹌幾步，翻過欄杆往後跌去，摔進噴泉池子裡。每年此時，噴泉池裡總是覆滿枯枝腐葉和垃圾。

克里斯森仰躺聽著自己尖叫。

他渾然不知到底又傳來幾聲槍響，不過顯然都不是衝著他來的。

克里斯森手裡握著豬腳，還搞不清剛才聽到的爆炸聲就是槍聲，也不知道子彈已擊碎他膝下的骨頭。

24.

剛瓦德．拉森聽到第二聲槍響時正好在看錶，之後又接連傳出至少四發槍聲。

他的錶跟瑞典大部分的錶一樣指著標準時間，也就是東經十五度或格林威治東一區的時間。由於他的錶非常精準，一年誤差不超過一秒，因此拉森看到的時間非常準確。

第一發槍響在準十二點十分傳出，隨後四發或五發在兩秒內射完，也就是在十二點十分後的第四到第六秒之間擊出。

拉森和柯柏出於本能正確地估算出方向和距離，兩人聯袂在緊接著的兩分鐘內火速展開行動。

他們跳進最近的一部車內，那剛好是拉森的紅色ＢＭＷ。

拉森扭開引擎，猛然加速衝出去——車子跟來時繞過中央醫院的方向相反，奔過舊瓦斯廠，沿著蜿蜒小徑，朝夾在婦產科病房跟伊士曼牙科中心之間的達拉街駛去。接著拉森一百八十度迴轉朝左開，來到伊斯曼牙科前的石板廣場，猛然煞車，車子滑了一下，在噴泉及通往醫院的寬階之間斜斜停住。

兩人還來不及開門下車，就看到一名穿制服的警員躺在樹枝橫陳的噴泉池子裡。他們看得出來該名警員雖然受了傷，但還活著，同時旁邊還有幾個人，有三個躺在地上，死了，受傷，或忙著尋求掩護，其他人則呆呆站著，也許都還保持槍響時的位置吧。一輛巡邏車剛剛停到伐沙公園外，車上有名巡警，他連車都還沒停穩，便要打開左前方車門了。

拉森和柯柏一左一右下了車。

拉森沒聽到下一聲槍響，但他看到自己的帽子從頭上飛落，掉在台階上，他突然覺得好像有人拿了火燙的撥火棍沿著他的右太陽穴髮線劃到耳朵上。拉森還來不及挺起身體，便將頭往旁邊一扭，頓時他聽到槍聲和尖銳的哨聲，有某樣東西裂開彈了出去。拉森兩大步跳過八個台階，貼身躲到入口左側的石牆和三條長方型大柱邊。他摸摸面頰，發現自己滿手是血。子彈在他頭皮上劃出一道傷口，不斷在滲血，而他的羊皮夾克整件全毀了。

柯柏的反應跟拉森一樣敏捷，他躲回車裡，快手快腳地翻到後座。說時遲那時快，兩發子彈射穿車頂打進前座，柯柏看到拉森緊貼在入口牆上，身上顯然已經中彈，他知道自己得立刻衝出車子奔到台階上。他想都沒想就踢開右前方的門，同時從左後座衝出去，咻咻咻，三發子彈對準車子右側而來，但柯柏已經從左側逃出，抓住鐵欄扶把，完全沒沾到地騰空躍過八道台階，一頭撞在拉森身上。

柯柏深吸一口氣，掙扎著站起來，接著緊貼到拉森身邊的牆上。拉森大概是嚇到了或是喘不過氣，嘴裡盡發著奇怪的呼嚕聲。

戰況暫停幾秒，也許有五到十秒鐘的時間，槍手顯然暫時停火。

那受傷的警員仍躺在噴泉池裡，他的同伴站在巡邏車邊，右手握著槍，不知所措地四下張望。也許他沒看到柯柏和拉森，也或許他真的搞不清狀況，但他確實看到他那位受傷的同伴正在離他二十五呎遠的地方，於是他一臉困惑地拿著槍朝同伴走過去。

「那兩個白痴在那裡幹嘛？」拉森低聲問。

緊接著，下一秒有人喊道：

「卡凡特！別過來！找掩護！」

哪裡有掩護？柯柏納悶。那邊根本無處可躲。

拉森顯然也明白這點，因為他沒跟著喊叫。目前暫且無事，但那位金髮巡警卻站直身子，望向入口這個方向，開始走過來，顯然是因為看不清躲在暗處的兩人。

一輛紅色雙層巴士由達拉街往南開。某個人正歇斯底里地喊著叫救命。

那名巡警走到噴泉邊，單膝跨在池邊，探身去看他受傷的同伴。

池子邊緣設有小小的壁座，供幼兒夏天時坐著泡腳。警員的皮夾克在陽光下閃閃發光。他將槍放在壁座上，騰出雙手，寬闊的背部對著天際。兩發來福槍子彈在間隔不到一秒內射中他，第一發打在頸背，另一發直接穿入肩胛骨裡。

卡凡特跌了出去，直接摔在他同伴身上，沒發出半點聲音。克里斯森眼睜睜看見第一發子彈從卡凡特的喉結和鎖骨之間穿出，接著感覺到卡凡特整個人壓在他的臀部上，失血過多的克里斯森因此驚痛地昏死過去。這兩名搭檔在池子裡躺成十字型，一個失去知覺，另一個已經魂歸西天。

「媽的。」拉森說，「真操他媽的！」

柯柏心中有種強烈的不真實感。

他一直有預感會出事，現在的確出事了，但這一切卻彷彿發生在自己還好端端地所處的空間之外。

接著又開始節外生枝。有人晃進這方鋪著石板的小廣場。是一個穿著苔綠色夾克、藍污牛仔褲、貼著反光帶綠膠鞋的小男孩。這個滿頭金色鬈髮的男孩看來絕對沒超過五歲，他猶疑地緩緩朝噴泉走去。

柯柏渾身打顫，準備要衝出去抱起男孩。拉森也注意到了，但他目光仍緊盯著前方駭人的景象，伸出沾血的大手擋在柯柏胸口。

「等等。」他說。

男孩站在池邊望著池內兩人的身體，左手大拇指伸進嘴裡，右手掩在左耳上，哭了起來。

男孩站在那裡哭了一會兒，圓圓的臉上滾滿淚水。他歪著頭，突然朝來時路奔去，越過人行道和大街，離開了廣場，回到生者的世界。

沒有人對那孩子開槍。

拉森看看錶。

十二點十二分二十七秒。

「兩分鐘又二十七秒。」他對自己說。

柯柏心想，兩分二十七秒的時間不算長，但在特殊情況下卻具有重大意義。這樣的聯想是有點怪。理論上一名短跑好手可以在這段時間內跑十四趟百米，那可是很了不得的事。

兩名巡警遭槍擊。一名確定已經身亡，另一個八成也掛了。

拉森和死神錯身而過的距離不過四分之一吋，而柯柏自己則差了兩吋。

接著是那個穿苔綠色夾克的小男孩。

那也很誇張。

柯柏看看自己的錶。上面指著二十幾分。

柯柏在某些方面是完美主義者，但有些地方則比較馬虎。

話說回來，這是俄國製手錶，他花了六十三克朗買入，三年多來都還管用；如果你乖乖幫它上發條，甚至還挺準時的。

但剛瓦德・拉森的錶可是要價一千五百克朗。

柯柏抬起手看了看，以手圈住嘴。

「哈囉！哈囉！」他大吼，「有人聽到我說話嗎？這裡很危險，快找地方掩護！」他深吸一口氣，再次發話。「注意！我們是警察，這裡很危險，請找地方掩護！」

拉森轉頭看著柯柏，一雙藍眼透著怪異的神色。

接著，拉森看看通往醫院的門，這門在週六當然上了鎖，整棟石造建築裡無疑也不會有人。

他往門邊挨過去，以巨大無比的神力將門踹開。

簡直不可思議，但剛瓦德・拉森真的做到了。柯柏跟著拉森進入大樓，隔壁的玻璃門鎖著，拉森照樣大腳一抬地踹開，玻璃四散。

他們找到電話。

拉森拿起聽筒撥出緊急號碼90000。

「我是剛瓦德．拉森。達拉街三十四號的大樓裡有個瘋子，從屋頂還是頂樓持自動步槍亂射。伊士曼牙科中心前的噴泉池裡已經死了兩名巡警。警告所有中央轄區的人，封鎖從北鐵廣場到卡爾堡街之間的達拉街和費斯曼納路段，以及從歐丁廣場到聖艾利克廣場之間的歐丁路，還有費斯曼納路以西及卡爾堡街以南所有的十字路口。聽到沒？什麼？下令通報？是的，通知所有人。不，等一下，別派任何巡邏車過來這裡，還有，不准穿制服。我們的集合地點在……」

他放下聽筒皺皺眉。

「歐丁廣場。」柯柏說。

「好，」拉森說道，「就到歐丁廣場集合。什麼？我正在伊士曼牙科中心裡，我再過幾分鐘會過去逮捕那個瘋子。」

剛瓦德．拉森丟下聽筒，走到最近的洗手間，將毛巾打濕，擦掉臉上的血。然後又拿另一條毛巾纏住頭，鮮血立刻浸透了頭上的臨時繃帶。

他接著解開夾克鈕釦和外套，抽出扣在皮帶上的手槍。他嚴肅地檢查槍枝，然後看著柯柏。

「你身上有什麼武器？」

柯柏搖搖頭。

「噢，是啊，」拉森說，「你是和平主義者。」

拉森的槍跟其他物品一樣，都與別人的不同。那是一把史密斯&威森點三八手槍。拉森因為不喜歡威瑟七點六五的制式警槍，所以買了這把。

「你知道嗎？」拉森說，「我一直認為你是個大白痴。」

柯柏點點頭。

「你想到咱們該怎麼衝過那條街沒？」他問。

25.

這間在西潔特區的房子很不起眼——從建築樣式看來，小小的木造房子應該是至少五十多年前蓋來做避暑別墅用的。原本的油漆已經褪色，露出灰色的木頭，但還是明顯看得出房子以前是漆成淡黃色，還綴著白框。院子四周的籬笆與房舍相較之下顯得巨大，而且幾年前才漆成深紅色，此外，台階上的扶把、外邊的門和小走廊周遭的格子圍欄，也都漆成同一個顏色。

這房子離主要道路有一段距離，由於大門開著，隆恩便一路沿著陡峭的車道開到房子後邊。馬丁．貝克立刻下車，一邊四處探看，一邊深吸幾口大氣。他覺得有點頭昏，因為他很容易暈車。

這院子乏人照料，長滿野草。一條長草半掩的小徑通向一座銹掉的舊日晷，那日晷看來頗為淒涼，而且放在矮木叢環生的水泥架上，看來極不搭調。

隆恩用力關上車門。

「我有點餓了，」他說，「等這邊的事辦完，我們還有時間吃點東西嗎？」

馬丁・貝克看看錶，隆恩習慣在這個時間吃午飯，現在已經十二點十分了。馬丁・貝克對吃很不在意，工作時連吃個飯都嫌麻煩，寧可晚上再用餐。

「當然了。走吧，我們進去。」他說。

兩人繞過屋角，走上台階敲門。一名七十多歲的老人立刻來開門。

「請進。」

老人靜靜站在一旁，用探詢的眼神看著兩人將外套掛在窄小的前廳。

「進來吧。」他又說了一次，然後退到一邊讓兩人過去。

前廳盡頭有兩扇門，其中一扇後面有通向廚房的短廊，短廊裡有樓梯通往二樓或閣樓。另一扇門後方是客廳，屋內的空氣霉濕，而且相當陰暗，因為窗台上擺了好幾大盆的蕨類植物，遮去了大半的日光。

「請坐，內人待會兒會送咖啡過來。」老人說。

一組鄉村風格的家具占滿了房間——一張直背松木沙發、四張條紋座墊椅，椅子環繞著一張大桌，桌面是一大塊紋理精美的杉木板。馬丁・貝克和隆恩在沙發兩端坐下，房間另一頭的門微微開著，可看到當中一張桃花心木床尾端的裂隙，還有鑲著橢圓形鏡子的衣櫃門。男人走過去關門，而後在桌子一邊的椅子上坐了下來。

老人乾枯而佝僂，臉上和禿頂的皮膚看來色呈蒼灰，而且布滿棕色的肝斑。他穿著一件厚重的手織毛衣，裡面是灰黑格紋的法蘭絨襯衫。

「我們聽到車聲時，我才在跟內人說你們動作真快。我不確定我在電話上說明得是否夠清楚。」

「這邊不難找。」隆恩說。

「是不難找，你們是警察，城裡城外的路都熟。艾克因為當警察，也把城裡的路摸得一清二楚。」

他拿出一包壓扁的菸遞了過來，馬丁．貝克和隆恩都搖頭表示不用。

「兩位過來是想談艾克吧。」老人說，「就像我在電話裡說的，我真的不知道他什麼時候離開的。他媽和我以為他會留下來過夜，但他一定是回家去了。他常回來過夜，今天是他生日，所以我們以為他會留下來，在床上吃早餐。」

「他有車嗎？」隆恩問。

「噢，有啊，他有輛福斯。老太婆送咖啡來了。」

看到妻子從廚房進來，老人站起身。老太太將托盤放到桌上，手在裙子上擦拭幾下，才跟兩位客人握手。

「我是愛力森太太。」他們起身自報姓名時，老太太這麼說道。

她為大家送上咖啡，把托盤放到地上，而後坐到丈夫身邊，雙手交疊放在大腿上。她的年紀看來跟老先生差不多，頭髮銀灰，燙成緊硬的細鬈，但她的圓臉幾乎沒什麼皺紋，臉頰上的嫩紅看起來不是上妝。老太太垂眼看著雙手，當她突然怯怯地瞄向馬丁・貝克時，他也不確定她是因為害怕陌生人，或者只是太過害羞。

「愛力森太太，我們有幾個跟艾克有關的問題想請教。」馬丁・貝克說，「如果我沒誤會你先生的意思，艾克昨晚在這裡對嗎？你知道他是在何時離開的嗎？」

她看看丈夫，彷彿希望他能幫她回答，但老先生只是攪著自己的咖啡，默不作聲。

「不知道，」她猶豫地答道，「我不曉得，我想大概是在我們睡了之後走的。」

「那是幾點的事？」

她又看看老先生。

「那是幾點的事呀，奧圖？」

「十點半，也許十一點，我們通常睡得更早，但因為艾克在……我想大概是將近十點半吧。」

「所以你們沒聽見他出門？」

「沒有，」老人說，「你們想知道這個做什麼？艾克是不是出事了？」

「沒有，」馬丁．貝克說，「他沒事，這只是例行調查。請告訴我，您的孩子目前在做什麼工作？」

老太太又低眼望著自己的手，這回是老先生回答的。

「還在修電梯，這工作他已經做了一年了。」

「那麼，修電梯之前呢？」

「噢，就東做一點，西做一點。他在水電行待了一陣子，然後去開計程車，之後又當夜班守衛。他到電梯公司之前還當了一陣子的卡車司機，是在受電梯職訓期間的事。」

「昨晚他在這裡時，有沒有什麼不對勁？」馬丁．貝克問道，「他說了些什麼？」

老人沒立刻回答，老太太拿了片餅乾，在自己的盤子上剁成小片。

「我想他跟平常差不多吧。」老先生終於說道，「他沒說什麼，不過艾克一向都很木訥。我想他是在擔心房租吧，還有瑪琳。」

「瑪琳？」隆恩問。

「瑪琳是他女兒，他們把孩子帶走了，現在他連房子也快保不住。」

「對不起，」馬丁．貝克說，「我不太明白，誰把他女兒帶走了？你指的是他的女兒沒錯吧？」

「是的，瑪琳。」老先生拍拍妻子的臂膀，「那孩子是以我母親的名字取名的，我還以為你們知道。兒童社福單位的人把瑪琳從艾克身邊帶走了。」

「為什麼？」馬丁・貝克問。

「警察為什麼要謀殺艾克的妻子？」

「請回答我的問題。」馬丁・貝克說，「他們為什麼要把孩子從艾克身邊帶走？」

「唉，他們以前也試過，但這回終於弄到了什麼文件，證明艾克沒辦法照顧孩子。我們當然表示要把孩子接過來照顧，但他們說我們太老，還說這房子不夠好。」

老太太看著馬丁・貝克，然而當他們的目光交會時，她又很快地低頭看著自己的咖啡杯。接著老太太慍怒地低聲說：

「難道小孩子跟陌生人住會更好嗎？而且再怎麼說，住這地方總比住城裡好吧。」

「你們以前就照顧過小孫女，對嗎？」

「是啊，好多次呢。」老太太說，「閣樓裡有個房間，瑪琳來時可以住，那是艾克以前的房間。」

「艾克做的那些工作沒辦法讓他好好照顧孩子，」老人說，「他們認為他工作不穩定。我不知道那是什麼意思，大概是指他工作做不長久吧。這年頭幹活不容易啊，失業人口越來越多，但這孩子一向很疼瑪琳的。」

「這是什麼時候發生的事？」馬丁．貝克問。

「瑪琳的事嗎？他們前天才把她帶走的。」

「艾克昨晚是不是因此很生氣？」隆恩問。

「我想他確實很生氣，雖然他不肯多提。還有房租的事，可是我們的養老金有限，實在沒法幫他。」

「他付不出房租嗎？」

「是啊，他說人家都要趕他出門了。租金那麼高，誰付得起。」

「他住在哪裡？」

「達拉街的一棟新大樓。他們把他以前住的地方拆掉後，他就找不到別的地方可住。不過當時他賺得比較多，覺得支付得來。但那不重要，重要的是瑪琳的事。」

「我想進一步了解他跟兒童社福單位那些人的事，」馬丁．貝克說，「他們不會無緣無故就把孩子從父親身邊帶走的。」

「是這樣嗎？」

「他們至少會先徹底做過調查。」

「是啊，應該有吧。有人跑來這裡找我和內人談，然後看看這房子，提了各種跟艾克有關的問題。自從瑪雅去世後，艾克就一直悶悶不樂，不過我想你們應該可以理解。他們說他一直這樣鬱鬱寡歡，對孩子的心理不好——我記得他們就是這樣說，他們老是把話說得很漂亮。還有，艾克換過那麼多工作，作息時間那麼不正常，這樣也很不好。加上他有經濟困難，付不出房租和生活費。當然了，大樓裡還有些鄰居對兒童社福單位的人抱怨說，艾克晚上常把瑪琳自己丟在家裡，孩子都沒法子正常吃飯等等。」

「你知道他們還跟誰談過嗎？」

「跟他同事談。我想他們跟艾克所有的上司都談過。」

「也跟警局裡的人談過嗎？」

「是啊，當然，那是最重要的部分。」

「而且他上司對艾克沒什麼好話，對吧？」馬丁．貝克說。

「是啊，艾克說他上司寫了一封信，完全斷了他把瑪琳留在身邊的機會。」

「你知道信是誰寫的嗎？」馬丁．貝克問。

「知道，寫信的是尼曼組長，也就是眼睜睜看著艾克的太太死掉、卻連手都不抬一下的那個傢伙。」

馬丁．貝克和隆恩迅速互望一眼。

愛力森太太看看先生，再看看他們，不知他們對這個指控有何反應。畢竟這指控的是他們的同僚。她遞上蛋糕盤，先讓隆恩拿了一大片海綿蛋糕，然後又遞給馬丁．貝克，但馬丁．貝克搖搖頭。

「艾克昨晚在這裡時，有沒有談到尼曼組長？」

「他只說，他們會把瑪琳帶走，全都是尼曼的錯，其他就沒再多說了。這孩子一向話不多，但昨晚又比平常更沉默。對吧，卡琳？」

「是啊。」老太太戳著盤子上的蛋糕屑回道。

「他在這裡時做了什麼？我是指昨天晚上。」馬丁．貝克問。

「他跟我們一起吃晚飯，然後我們看了一會兒電視，接著他回房間，我們就去睡了。」

馬丁．貝克進門時注意到前廊有台電話。

「他昨晚可曾打過電話？」他問。

「你們為什麼要問這些問題？」老太太說，「艾克是做了什麼事嗎？」

「我只能請你先回答我們的問題，」馬丁．貝克說，「他昨晚有沒有從這裡打電話出去？」

坐在他對面的老夫婦默默地坐了一會兒。

「大概有吧，我太不清楚。艾克隨時都可以用電話啊。」老先生說。

「所以你們沒聽見他在講電話？」

「沒有，我們在看電視，我記得他好像出去了一下，而且關上門。通常他如果只是去上個廁所，是不會關這門的。電話在走廊上，如果電視開著，就得把門關上才不會被吵到。我們兩個耳朵不是很靈光，所以電視通常會開得很大聲。」

「這大概是什麼時候的事？我是指他什麼時候去打電話？」

「我不清楚，不過我們當時在看一部電影，正看到一半，大概是九點左右吧。你問這幹什麼？」

馬丁・貝克沒回答，隆恩剛剛嚥下蛋糕，這時突然開口：

「我記得艾克的槍法很準，是當時局裡最厲害的神射手。他手邊是不是還有槍？」

老婦人用異樣的眼神看著隆恩，老先生萬分驕傲地挺直身子。看來過去十年來這對老夫妻很少聽到有人讚美他們的兒子。

「沒錯。」老人說，「艾克贏過許多獎項，可惜我們沒把獎狀擺在這裡。他把獎狀都放在達拉街的房子裡。至於槍……」

「應該都賣掉了吧。那些槍好貴，而且他又缺錢。」老太太說。

「你們知道他有哪些槍嗎？」隆恩問。

「知道，這我知道。」老人說，「我自己年輕時也常射擊。艾克最早的槍是從地方軍或民防部弄來的，當時他在上夜校，同時還有酬勞可拿，我覺得還挺不錯的。」

「你知道他有哪種槍枝嗎？」隆恩追問。

「他有毛瑟來福槍，還有手槍。他的槍法射擊神準，許多年前還贏過金牌。」

「哪種手槍？」

「漢莫里國際牌手槍。他曾經拿給我看，他還有……」老人略微遲疑。

「還有什麼？」

「我不知道……我剛提的那兩把槍他當然都有執照。你們也知道的……」

「我向你保證，我們不會因艾克非法持有槍枝而逮捕他。他還有什麼槍？」馬丁．貝克問。

「一把美國自動來福槍，強森牌的，但他應該也有執照，因為我知道他曾用那把槍去比賽。」

「他的槍可真不少。」馬丁．貝克嘀咕著。

「還有呢？」隆恩問。

「一把從地方軍弄來的舊卡賓槍，不過不值什麼錢，所以就放在樓上的衣櫃裡。但是槍膛已經磨壞了，卡賓槍也不怎麼好使。我想那是他唯一還留在這裡的槍，其他東西真的都沒放在這兒了。」

「是啊，他應該都放到自己家了。」隆恩說。

「我想也是。當然了，他樓上的房間還在，不過他自己的重要家當全都放在達拉街的家裡。如果他們不肯讓他繼續住在那間漂亮屋子，艾克還是可以搬回來，住到他找到工作為止。我們的閣樓不大啦。」老人說。

「能否讓我們上去看看他的房間？」馬丁・貝克問。

老先生不太確定地看看馬丁・貝克。

「我想應該沒關係吧。不過實在沒什麼可看。」

老太太站起來，撥掉裙子上的碎餅乾屑。

「噢，天啊，我今天都還沒上去，房間說不定很亂。」

「沒那麼糟糕啦，」她先生說，「早上我去看艾克昨晚有沒有睡在那裡，看起來一點也不亂，艾克很愛乾淨的。」老先生移開視線，壓低聲說：「艾克是個好孩子，運氣不好不能怪他。我們辛苦一輩子，已經盡力培養他了，怪只怪艾克跟我們命運不濟。我年輕時總認為一切都會漸入佳境，但現在我們又老又孤單，卻沒有一件事是順遂的。如果早知道社會會變成這個樣子，當初我們根本就不生孩子了。可是他們這麼多年來卻一直牽著我們的鼻子走。」

「他們是誰？」隆恩問。

「那些政客、政黨大老啊，那些我們以為會為人民著想的人啊，結果全都是流氓。」

「請帶我們去看房間。」馬丁．貝克說。

「好。」

他領著大家來到走廊，步上一道陡峭而嘎吱作響的木梯。樓梯頂端有扇門，老人將門推開。

「這就是艾克的房間。小時候他住在家裡時，房間看起來當然漂亮得多。艾克結婚搬家時，把大部分家具都帶走了。他現在已經很少回來住。」

老人停下來撐著門，讓馬丁．貝克和隆恩走進小小的閣樓。歪斜的屋頂上有片小窗，牆上覆著褪色的花壁紙，其中一面牆上有一扇貼著同樣壁紙的門，大概是通到衣櫃或儲藏間的吧。牆邊立著一張細窄的折疊床，床單是灰色的軍毯。天花板上吊著淡黃色的燈罩，燈罩邊穗又長又髒。床邊牆上的鑲框照片玻璃已經破裂，相片裡是個坐在綠草地上、抱著羊兒的金髮小女孩。床尾擺了一個粉紅色的塑膠罐子。

桌上攤著一本週刊和一枝原子筆，有人把一條滾著紅邊的白色廚用手巾丟在木椅上。

這房裡沒有其他東西了。

馬丁·貝克拿起手巾。這巾子洗過很多次，已經變薄，而且還有些許髒斑。馬丁·貝克將手巾放到燈光下，那些黃色污斑讓他想到鵝肝醬上的那層浮油。從污斑的形狀看來，應該是有人用它來擦刀。黃色的油漬讓手巾看來近似透明，馬丁·貝克用手指仔細搓揉手巾，放到鼻子下聞。他立刻聞出那污斑是什麼，以及是做什麼用的。這時隆恩打斷他說：

「馬丁，你看這裡。」

他站在桌邊指著雜誌。馬丁·貝克彎身看到右頁字謎遊戲上的邊欄用原子筆寫了九個名字。九個名字分成三組，以大大小小的字體寫著，而且重寫了好幾次。馬丁·貝克的目光鎖在第一欄裡。

史提格·奧斯卡·尼曼✝

派曼·哈洛德·霍特✝

馬丁·貝克✝

他還看到其他姓名，包括國家警政署署長、督察、米蘭德，還有柯柏。

接著他轉身看著門邊的老人。老人握著門把，疑惑地看著他們。

「艾克住在達拉街幾號？」馬丁．貝克問。

「三十四號。」老人說，「可是——」

「下去去找你太太，」馬丁．貝克打斷他說，「我們馬上下去。」

老人緩步下樓，他在階梯底回頭不解地看著馬丁．貝克。馬丁．貝克揮手要他繼續走去客廳。老人又看看隆恩。

「打電話給史托葛林或局裡任何人，把這邊的電話號碼給他們，叫他立刻跟薩巴斯山的柯柏聯絡，然後叫柯柏立刻打電話過來。你車裡有沒有可採集指紋的裝備？」

「有。」隆恩說。

「很好，不過先去打電話。」

隆恩下樓到走廊撥電話。

馬丁．貝克四下環顧狹窄的閣樓，看看錶。十二點四十五分。他聽到隆恩三步併作兩步地奔上樓來。

馬丁．貝克看到隆恩臉頰蒼白，眼睛大睜，霎時知道自己等了一天的災難終於發生了。

26.

聽到警笛聲時，柯柏和拉森仍躲在伊士曼牙科中心裡。他們先是聽見一輛警車從國王島街的方向越過聖艾力克橋駛來，接著，其他警車也從四面八方紛紛加入，警笛聲響徹雲霄，卻又似乎不夠貼近。

但柯柏發現他們卻是置身在靜寂當中。他覺得，那就像是夏夜在牧草地上漫步，卻只有你所站之處的蟋蟀全部停止啁唱。

柯柏剛剛才望向達拉街的方向，發現事態沒有更加惡化，反而稍有好轉的跡象。兩名巡警還躺在圓池裡，但街上沒有其他人傷亡。廣場上的人已全部散去，就連先前躺在地上的人也不見了，顯然那些人沒有受傷。

拉森沒有回答要怎麼越過大街的問題，只是凝重地咬著下唇，盯著柯柏身後一排掛在牆上的白色牙醫外套。

他們只有兩個選擇。

直接穿越廣場奔過大街，或是爬出一扇窗，溜進伐沙公園繞道而去。

兩個辦法都不甚高明，第一個方法無疑等同自殺，第二個則太花時間。

柯柏再次小心地向外張望，不敢去動窗簾。

他朝噴泉的方向點點頭。圓形噴泉裡的景象看起來非常超現實——一顆地球，上邊有個小孩跪在北歐半島，另外加上兩個橫成十字形的巡警。

「你認識那兩個人嗎？」他問道。

「認識，」拉森說，「蘇納區的巡警，克里斯森和卡凡特。」

兩人沉默一會兒。

「他們在這裡幹什麼？」

接著，柯柏提出一個更有意思的問題。

「為什麼有人要射殺他們？」

「為什麼有人要射殺我們？」

那也是個好的問題。

顯然某人對於射殺他們甚感興趣。某人拿著自動步槍，擊斃兩名穿著制服的巡警，而且千方百計想置柯柏和拉森於死地。可是這個某人似乎對射殺其他人沒興趣，因為當時廣場上還有很多活靶。

為什麼？

有一個答案很快便浮現了。不論開槍的是誰，兇手顯然認得柯柏和拉森，他知道他們是誰，而且亟欲置他們於死地。

兇手難道也認得克里斯森和卡凡特？未必，但他們的制服讓他們的身分一目了然。

什麼身分？

「看來有人不喜歡警察。」柯柏咕噥著。

「嗯。」拉森回應道。

他秤了秤手上的槍。

「你有沒有看到那混蛋是在屋頂上，還是在哪間屋子裡？」他問。

「沒看到，」柯柏表示，「我沒時間看仔細。」

街上有些動靜，看來雖然微不足道，但還是令人膽戰心驚。

一輛救護車從南方駛來，停住，然後倒車往噴泉開去，再停下來。兩名身穿白外套的男子下車打開後門，拉出兩張擔架。他們動作冷靜，看來完全不緊張。其中一人抬眼望著對街九層樓高的大樓。沒有任何事發生。

柯柏苦著一張臉。

「喂，」拉森立刻說道，「我們的機會來了。」

「千載難逢的良機。」

他不覺得特別興奮，但拉森已經脫下夾克和外套，快速翻著那排白色的醫用外套。

「我試試這件，」拉森說，「這件看起來挺大件的。」

「他們只做三種尺寸。」柯柏說。

拉森點點頭，將手槍插進腰帶，整個人鑽進外套，肩膀處綳得相當緊。

柯柏搖搖頭，伸手去拿眼前最大的一件。肚子的部位太緊綳了。

柯柏覺得他們兩個很像默片裡的一對活寶。

「我想這也許行得通。」拉森說。

「也許而已。」柯柏說。

「好了嗎？」

「好了。」

兩人走下台階，越過石板地，從救護人員身邊經過。救護人員剛把卡凡特抬到第一副擔架上。

柯柏俯視著死者的面容，認出了這名巡警。他在休假時遇過此人幾次。這傢伙有一回還幹了件大事。是什麼？好像是逮到一名危險的強暴犯吧。

剛瓦德・拉森這時已經走到馬路中央，那件極不合身的醫師外套讓他看起來顯得特別老態龍鍾。兩名救護人員訝異地看著他們。

槍聲響起。

柯柏衝過大街。

但這回槍瞄準的不是他。

一輛黑白相間的警車響著警笛正沿歐丁路東行而來。第一槍在車子經過司徒納街時射出，緊接著便是連珠炮般的射擊。拉森跑到人行道上想看個仔細，警車先是加速，然後開始左右搖晃地滑行，最後衝過歐丁路和達拉街的十字路口便消失了，槍聲也跟著停止，接下來就傳出金屬撞擊的巨響。

「白痴。」拉森說。

他跟柯柏在入口處會合，掀開白外套拔出手槍。

「人在屋頂上，錯不了。我們且戰且走。」

「是啊，他現在在屋頂上了。」柯柏說。

「你這話什麼意思？」

「我想他先前並不在屋頂上。」

「且戰且走。」拉森重述道。

大樓面向街道的一側有兩道入口，他們正位在面北的入口，兩人衝了進去。電梯壞了，樓梯上站了幾名驚惶的住戶。

眾人看到剛瓦德·拉森外套撕裂、頭上淌血、手裡握槍的模樣，只是更加手足無措。柯柏的警徽放在外套口袋裡，可是外套放在對街的大樓內；就算拉森身上有帶任何文件，他也一向不會出示的。

「讓開。」拉森粗聲說道。

「大家一起待在這邊的樓下。」柯柏建議道。

安撫這群人頗費工夫，那是三名婦人、一個小孩和一名老人。他們大概從窗口看到了剛才發生的事。

「保持冷靜，」柯柏說，「不會有危險的。」

聽到自己這麼說，柯柏在心中苦笑。

「沒錯。警方已經到了。」柯柏身後的拉森跟著說。

電梯停在上面六樓處，再往上一層的電梯門口開著，他們可以看到電梯的桿軸。電梯看起來非常不穩，有人故意讓電梯停擺，很可能就是屋頂上那位仁兄。所以現在他們又多知道他一件事了——他的槍法很準、認識他們倆，而且懂得電梯操作。

總是有新的狀況，柯柏心想。

兩人又攀過一道樓梯，然後就被鐵門堵住。鐵門鎖著，也許還從另一邊關起來，至於是怎麼關的就很難說了。

不過，他們立即斷定門不可能以正常方式打開。

剛瓦德·拉森的兩道金色粗眉扭成一團。

「不必硬撬開，」柯柏說，「沒用的。」

「我們可以闖進其中一間屋子，」拉森表示，「然後穿過窗戶從那邊爬上去。」

「不必用繩索或梯子嗎？」

「唉，」拉森說，「還是行不通。」

他想了幾秒鐘後接著說：

「就算爬到屋頂又怎麼樣？你又沒槍。」

柯柏沒答話。

「想必另一邊入口的情形也一樣吧。」拉森苦澀地說。

果然沒錯，入口也封死了。不過有位自稱退伍陸軍上尉的熱心老人，緊緊督護著幾位居民。

「我想讓這些老百姓躲到地下室去。」老人說。

「很好，」拉森答道，「我們正打算那麼做，上尉。」

除此之外，情況則是一模一樣——鎖住的鐵門、打開的電梯門和遭到破壞的電梯機械。完全沒搞頭。

拉森凝重地用槍管搔著下巴。

柯柏緊張地看著拉森手上的槍。那是一把打磨晶亮、悉心保養的好槍，核桃木製的槍柄上刻著凹槽。保險是鎖住的。拉森雖然常有脫線行為，但若非必要，絕不開火。

「你有射過人？」他突然問。

「沒有。你問這幹嘛？」

「不知道。」

「我覺得我們應該越過歐丁廣場。」柯柏說。

「也許吧。」

「我們是這邊唯一清楚狀況的人，至少我們知道剛才出了什麼事。」

拉森顯然不太贊成柯柏的建議。他從左鼻孔拔下一根鼻毛，心不在焉地看著。

「我想把那傢伙從屋頂上揪下來。」他說。

「可是我們上不去。」

「是啊，我們上不去。」

他們回到一樓。就在他們正要離開大樓時，又聽見四聲槍響。

「現在他又是在射什麼？」柯柏問。

「巡邏車。做練習吧。」拉森說。

柯柏望著空無一人的巡邏車，車頂上的藍色閃燈和搜尋燈全被擊碎了。

他們離開大樓，緊依著牆，火速左轉到觀景街上。放眼看不見半個人。

他們一繞過街角，便將白外套丟在人行道上。

兩人聽見頭頂有直昇機隆隆作響，卻看不見機身。

風變強了，儘管陽光晴朗，卻是冰寒透骨。

「你查到住在上面那傢伙的名字了嗎？」拉森問。

柯柏點點頭。

「那邊顯然有兩間頂樓住家，不過其中一間好像是空的。」

「另一間呢？」

「據我所知，有個叫愛力森的人跟他女兒住在那裡。」

「去查查看。」

簡言之，有個神射手拿著把自動槍，他認得柯柏和拉森、不喜歡條子、懂電梯操作，而且可能叫愛力森。

兩人快步行進。

警笛或遠或近地傳揚而至。

「也許我們得從外面對付他。」柯柏說。

拉森似乎不甚認同。

「也許吧。」他說。

•

達拉街及鄰近一帶雖然不見人影，但歐丁廣場可就熱鬧了。長方型的廣場上擠滿黑白相間的警車和身穿制服的警員，這種陣仗自然吸引了大批觀眾。由於道路封鎖倉促，交通一時大亂，整個斯德哥爾摩中央一帶幾乎全受到波及，但又以廣場上的狀況最可觀。歐丁路上的車一路塞到了法赫拉路，好幾輛公車擠在廣場上。混戰一開始，原本在廣場上候客的空計程車也就更加兵慌馬亂了，所有司機全從計程車裡跑出來，跟警察、人群擠在一起。

所有人都搞不清楚出了什麼事。

更多人又陸續從各方湧入，尤其是出了地鐵站的人。一群摩托車警察、兩輛消防車和監看交通的直昇機也加入戰局。到處都是便衣警察，他們努力在洶湧的人潮裡擠出一點空間。

柯柏心想，就算尼曼還活著，在此指揮大局，情況大概也好不到哪裡去。他和拉森擠向地鐵入口，那邊似乎是指揮中心。

兩人在那兒看到了第五分局的漢森，或是應該說是諾曼・漢森副隊長，以及熟知轄區的阿道夫・斐德利克。跟這兩人談一談應該有用。

「這裡是由你負責嗎？」柯柏問。

「拜託，才不是。」

漢森緊張地四下張望。

「那麼是誰負責？」

「有好幾個人選，不過莫姆督察剛剛抵達，就在那邊的廂型車上。」

兩人擠到車子邊。

五十多歲的莫姆光潔、高雅，他頭髮彎捲，臉上一向掛著愉悅的笑容。謠傳這位大官都是靠到動物園島去騎馬來保持自己的身材。他形象絕佳，報紙對他一致好評，可是當警察卻很有問題──局裡確實有人懷疑他沒資格當警察。

「天啊，拉森，你看起來很糟啊。」莫姆說。

「貝克呢？」柯柏問。

「我還沒跟他聯絡上，反正目前這情形需要由專家出面。」

「什麼專家？」

「當然是警務專家。」莫姆不耐地說，「署長不在城裡，市警局的局長沒上班。我跟警政署長聯絡過，他去石得桑了，還有……」

「去的好。」拉森說。

「你這話是什麼意思？」莫姆狐疑地問。

「那就射不著他啦。」剛瓦德・拉森天真地說。

「什麼？反正，我奉命監管本案，我知道你們剛從現場過來。依你們看，情況如何？」

「有個瘋子拿著自動來福槍坐在屋頂上射殺警察。」拉森說。

莫姆期待地望著他，然而拉森沒再多說。

剛瓦德．拉森抖著臂膀拍打側身，以保持溫暖。

「他從大樓裡面由內向外層層防堵，」柯柏說，「而四周大樓的屋頂又比較低矮。他有時待在上面的屋內，不過目前為止我們還沒見到他。換句話說，要逮捕他可能很難。」

「噢，不會啦，辦法應該很多，」莫姆傲慢地說，「警方有各種資源。」

柯柏轉身看看漢森。

「那輛在歐丁路遭射擊的警車後來怎麼樣了？」

「太慘了，」漢森寒著臉說，「兩人受傷，一個傷及手臂，一個傷到腿。我可以提點建議嗎？」

「什麼建議？」剛瓦德．拉森問。

「我們先從這邊撤離，移到警戒線內，例如索爾街的瓦斯廠。」

「就是放舊瓦斯槽的地方。」柯柏說。

「沒錯，他們已經把瓦斯槽拆掉了，打算用來蓋交流道。」

柯柏嘆了口氣。磚造的舊瓦斯槽是一棟非常特殊的建築，可惜只有少數幾個有遠見的人肯為保留古物奔走，結果當然失敗了——還有什麼比蓋交流道更重要的？

柯柏甩甩頭，他幹嘛老是想些不相干的事？一定是有點恍神了。

「直昇機能停降在那邊嗎？」莫姆問。

「可以。」

莫姆瞄了剛瓦德・拉森一眼。

「那邊……在射程之外嗎？」

「是的，除非那混蛋有迫擊砲。」

莫姆沉默了一會兒。他接著看看幾位同事，最後朗聲宣布道：

「各位，我有個主意，我們個別移到索爾街的瓦斯廠，大夥兒先在那邊集合，時間是……」

他看看錶。

「十分鐘以內。」

27.

馬丁・貝克和隆恩趕到索爾街時，已經是下午一點半，一切似乎都已經準備就序。

莫姆已在醫院西側入口的警衛室裡布署妥當。他身邊不僅設備齊全，更圍繞著參與偵辦本案的重要警員，就連霍特也在場。馬丁・貝克直接走向他。

「我一直在找你。」

「哦？找我做什麼？」

「現在無所謂了，只是愛力森昨晚冒你的名打電話給尼曼。」

「愛力森？」

「是的。」

「艾克・愛力森嗎？」

「沒錯。」

「就是他殺了尼曼的嗎？」

「看來正是如此。」

「他現在就坐在那上頭？」

「是的，應該是吧。」

霍特沒再多說什麼，他面無表情，只是緊握著厚實的拳頭，皮下隆起的指節隱隱泛白。

就他們所知，屋頂上的男子自從一小時前拿巡邏車當槍靶子之後，就沒有動作了。

眾人雖然拿著望遠鏡拚命研究大樓的情形，卻沒人知道兇手是否還活著，而到目前為止，警方也尚未開火。

「不過，我們已經在收網。」莫姆一臉得意地說著。

這句話已經老掉牙了，大家連偷笑都嫌累，不過，還真是說中了目前的情況。

警方已經滲透整個公寓所在的地區，多數警員都配有對講機，彼此能保持聯繫，並且跟停在舊醫院大門外的無線電控制器連線。催淚瓦斯專家們陸續進駐最近的幾棟大樓樓頂，狙擊手也在重要據點候備。

「重要的據點只有兩個，」拉森說，「波尼亞大樓的屋頂，以及古斯塔夫伐沙教堂的穹頂。你認為牧師會讓我們派狙擊手到他的尖塔上嗎？」

沒人在聽他說話。

目前的計劃已經出爐。首先，他們會給屋頂上的男子投降的機會，若是不成，就改以強攻或射殺他。他們不能再讓任何警員冒生命危險，因此打算從大樓由外而內攻擊。觀景街及歐丁路上都有雲梯車在等著，必要時隨時可採取行動。車上配有消防人員，因為有人得操控機器，同時還有穿著消防員制服的警察。

馬丁・貝克和隆恩能再提供一些重要資訊。也就是愛力森——如果那人真是愛力森的話，這身分還須確認——持有一把美製的強森自動步槍，和一把常規的陸軍半自動步槍，這兩把槍都配有遠距瞄準器。此外還有一把漢莫里手槍。

「強森牌自動步槍，」拉森說，「天啊，那種槍還不到十五磅重，而且操縱容易，性能跟機關槍一樣強，後座力極小，旋速是每分鐘一百六十轉。」

唯一在聽的只有隆恩，他若有所思地嗯哼作聲。

接著他打了個大呵欠，好像這樣做再自然不過。

「他用毛瑟槍可以射中六百公尺外一張名片上的蝨子。要是視線好，再加上一點運氣，他可以射中一公里外的人。」

正在看斯德哥爾摩地圖的柯柏點點頭。

「想來他可以藉此找點樂子。」拉森說。

剛瓦德・拉森正在研究距離。愛力森所處的屋頂距離歐丁路和哈辛路的十字路口有一百五十公尺，離薩巴斯山中央醫院兩百五十公尺、古斯塔夫伐沙教堂三百公尺、波尼亞大樓五百公尺，距甘草市場的第一棟摩天樓一千公尺、離市政廳一千一百公尺。

聽到這些，莫姆傲慢而不耐煩地揮手表示：

「是啦，是啦。現在先別管這個。」他說。

唯獨不想動用催淚瓦斯、直昇機、水柱和對講機的，只有馬丁・貝克一人。

他靜靜站在角落，一來是因為他對狹小斗室的恐懼，又討厭人群，二來是他正在想著愛力森，想著是什麼原因將這個男人逼到了如此境地。愛力森此時的心境也許全都豁出去了，根本沒辦法和他溝通或接觸，但也未必如此。有人得對這一切負責。不是尼曼，因為他從不了解為人責任的真正意義，他腦子裡甚至沒有這種概念。當然也不能怪莫姆，對他來說，愛力森只是一名屋頂上的危險瘋漢，警方跟他的關係也僅限於要設法將他制服。

十分鐘後，屋頂上的男子射中一名站在歐丁路和索爾街角的巡警，距離開槍的窗口五百公尺。令人驚訝的不是距離，而是他竟能穿過公園裡層層交疊的樹木禿枝，出奇神準地射中目標。

然而，他畢竟只是一槍擊中巡警的肩頭。所幸該巡警穿著防彈背心，傷勢不重，至少沒有大礙。

愛力森只開了那一槍——也許是為了示威，也許只是反射動作——讓大家知道只要讓他看到警察，他就會開槍。

「他有可能把女兒帶在身邊嗎？」柯柏突然問道，「當作人質？」

隆恩搖搖頭。

孩子有人照顧，早已遠離危險。

遠離危險的父親？女孩在父親身邊可曾危險過？

一會兒後，準備進行攻擊了。

莫姆檢查兩位執行圍捕工作的特警，他們必要時會將愛力森幹掉，而且這種可能性極高。沒有人相信屋頂上那傢伙會乖乖投降，但還是不無機會。犯罪史上有許多類似的情形，最後那些暴徒——世人均以「暴徒」稱呼愛力森這種人——突然對整件事感到厭煩，因而向警方豎起白旗。

前來終結這場恐怖災難的專家，是兩名受過各種搏擊及奇襲訓練的年輕警員。

馬丁·貝克一起走了出去，跟他們說話。

其中一名紅髮的叫雷恩·亞勒森，他笑起來有股令人喜愛的自信。另一名髮色較金黃，表情較為嚴肅，但同樣胸有成竹。兩人都是志願前來，他們所屬的特種單位要求組員就算面對艱難任務，一樣也要主動而迅速地展開行動。

這兩位員警看來聰明、友善，而且對自己的能力信心滿滿。優秀、可靠、受過一流訓練。有能力、勇敢，比一般人聰慧的人才在警界並不多見。拜賜於理論及實務上的訓練，這兩人深知自己的職責。整樁行動看起來應該能順利輕鬆地展開，他們倆很清楚自己的任務，對自己極有把握。亞勒森談笑風生，甚至還爆料說，自己在警校念書時曾對馬丁・貝克努力示好，結果碰了一鼻子灰。馬丁・貝克壓根兒想不起有這回事，不過基於謹慎，還是虛應地乾笑幾聲。

兩名警員裝備齊全，穿著防彈背心跟防彈褲，戴著附有樹脂面罩的鋼盔和防毒面具，以及配有在瑞典所稱的自動手槍——也就是效能極高的輕型自動槍具。他們還帶著催淚瓦斯以防萬一。若需要徒手搏擊，光憑兩人所受的體能訓練，只要其中一人就能輕鬆擺平像愛力森那樣的對手。

攻擊計劃非常簡單而直接。先以大量催淚瓦斯彈遏止愛力森的攻勢，然後由低飛的直昇機將他們在暴徒的左右兩側分別放下，從兩個方向將困在催淚瓦斯中的暴徒一舉拿下。愛力森幾乎沒有逃脫的機會。

拉森似乎是唯一反對這項計劃的人，可是他又無法或懶得說明反對理由，也就是說，他還是寧可從大樓進去擒下愛力森。

「照我說的辦法去做就對了。」莫姆說，「我不要任何高風險的作法，也不想見到逞英雄的個人主義。這兩位老弟是受過專門訓練的，成功率高達九成，而且至少一人全身而退的機率有百分之百。所以不准你們這些業餘人士唱反調，懂嗎？」

「懂了。希特勒萬歲！」拉森說。

莫姆跳了起來，一副像是被人拿著燙紅的撥火棍戳到一樣。

「你給我記住，」他說，「咱們走著瞧。」

所有聽見這話的人都責怪地瞪著拉森，就連站在他身邊的隆恩也一樣。

「你怎麼會說出這種蠢話？」隆恩低聲說。

「隨你怎麼說。」拉森冷冷表示。

於是，攻擊計劃終於冷靜而有系統地展開了。一輛廣播車開進院區，來到幾乎可以看見屋頂的距離，但還不至於進到愛力森的視線範圍內。擴音器對準方向，莫姆的聲音朝被團團圍住的大樓頂端轟去，然而他說的話內容了無新意，不出大家所料。

「注意！我是莫姆督察，我不認識你，愛力森先生，你也不認得我，但我以專業角度告訴你，你真的已經沒戲唱了。你已被重重包圍，警方的資源用之不盡，可是我們不想浪費人力，尤其考慮到那些仍身陷險區的無辜婦孺及百姓。我們更不想大張旗鼓，你已經造成太多傷害了，愛力森，我給你十分鐘時間棄械投降，為了你自己好，請你像個男子漢，不要無動於衷，接受我們的提議吧。」

聽起來還像人話。

可是對方全然不理，連子彈都沒射出一發。

「我看他大概在等我們採取行動。」莫姆對馬丁·貝克說。

十分鐘後，兩架直昇機起飛了。

飛機快速繞了個大弧形，一開始竄得頗高，然後從兩個方向朝屋頂的小陽台及兩間頂樓屋宇飛去。

同時間，催淚彈開始從兩邊雨落而下，其中幾枚還打破窗子，在屋中炸開，但大部分都掉在屋頂及陽台上。

拉森所在的地點大概最能看清現階段的一切。他爬上波尼亞大樓的屋頂，潛伏在欄杆後。當催淚彈爆開、瓦斯煙霧開始瀰漫屋頂時，他起身將望遠鏡放到眼前。

直昇機精準地劃著鉗形前進，從南而來的一架比另一架稍微早到，但那也是按計劃在飛行。

飛機在屋頂南方盤旋，機艙打開，機上人員開始用繩索將紅髮的亞勒森放下。穿著防彈衣的突擊員看來刀槍不入，他兩手緊握機關槍，腰帶上攜著好幾顆催淚彈。

亞勒森在離地二呎處掀開面罩，開始戴上防毒面具。他離屋頂越來越近了，機關槍就架在他的右臂彎裡。

如果暴徒是愛力森，這下應該要搖搖晃晃地從煙霧裡跑出來，放下武器投降才是。

但是當可愛的紅髮亞勒森降到離屋頂僅剩六吋距離時，突然傳來一聲槍響。防彈衣儘管刀槍不入，卻遮不住亞勒聖那張臉。

拉森距離雖遠，卻依然能看見種種細節。他看到亞勒聖身子一抖，接著全身癱軟，拉森連他兩眉之間的彈孔都看得一清二楚。

直昇機往前一衝，停了幾秒，而後飛越大樓屋頂，帶著懸在繩子上的突擊員屍體返回院區。機關槍還掛在吊索上，死者的四肢垂盪在風中，搖擺著。

亞勒森的防毒面具只戴了一半。

在這一刻，拉森首次瞥見屋頂上的男子。那人身形修長而敏捷，離煙囪不遠。拉森看不到任何武器，卻清楚看見男人戴著防毒面具。

第二架直昇機已經脫開鉗形隊伍，從北方切入了。飛機定定地盤旋在屋頂上方幾碼處，機艙門打開，二號突擊員準備下降。

接著傳出一連串射擊聲，屋頂上的男子再次拿起強森自動步槍，在一分鐘內射出至少上百發子彈。拉森看不見槍彈，但由於射程極短，拉森相信一定無人能夠倖免。

直昇機朝伐沙公園的方向搖擺而去，晃了幾下隨即失控下墜，差點擊中伊士曼牙科中心。飛行員亟欲拉起隆隆作響的直升機，但機身卻往橫擺去，轟隆一聲摔落在公園中央，像隻被槍打中的烏鴉，側躺在公園裡。

第一架直昇機已經返回起飛點了，亞勒森的屍體懸在飛機的起落架間。飛機停降在瓦斯廠的空地上，亞勒森在地上彈了一下，被拖行了好幾碼。

飛機的旋軸停擺了。

接著取而代之的是無事無補的復仇。上百種各式武器從四面八方對著達拉街的大樓毫無目標地盲目狂射，但都沒有什麼效果。

警方開火雖然於事無補，但或許有提振士氣之效。拉森看到各式槍彈從各種不可能射中的角度及七零八落的射程射去。

沒有任何子彈是從波尼亞大樓或古斯塔夫教堂射出的。

一直到幾分鐘之後，槍火才逐漸停歇。

原本期盼有人會碰巧射中愛力森（假設那人真的是他），如今看來也絕無可能了。

28.

他們的臨時總部是一間搭著黑色鐵皮屋頂的可愛黃色小木屋，屋邊環著門廊，煙囪頂端還有個高高的罩子。

直昇機墜毀二十分鐘後，眾人依然心有餘悸。

「他連直昇機都射得下來。」莫姆不可置信地說，前後已叨唸了不下十遍。

「噢，你終於了解啦。」剛剛從觀察點回來的剛瓦德．拉森說。

「我已要求軍方協助。」莫姆說。

「噢，我不認為……」柯柏表示。

「那是我們唯一的機會。」莫姆說。

柯柏心裡嘀咕，恐怕這是莫姆在顏面掃地之前，把責任丟給別人的唯一機會吧。軍方的人能幹嘛？

「軍方能幹嘛？」馬丁．貝克問。

「轟炸大樓啊，」剛瓦德・拉森說，「把那邊夷為平地，或者……」

馬丁・貝克看著他。

「或者怎樣？」

「或者叫傘兵部隊來。也許甚至根本不必動用人力，派十幾隻警犬去就行了。」

「在這種節骨眼說風涼話不太恰當。」馬丁・貝克說。

拉森沒答腔，反倒是隆恩突然開口。出於某種原因，他在這時候翻看自己的筆記。

「今天剛好是愛力森的三十六歲生日。」

「這種慶祝方式還真精采。」剛瓦德・拉森說，「等等，如果我們大家組個樂團，到大街上演奏生日快樂歌，說不定他老兄會心情大好，然後我們可以送他一個插著三十六支蠟燭的毒蛋糕。」

「剛瓦德，你閉嘴。」馬丁・貝克說。

「我們還沒動用到消防隊。」莫姆表示。

「是沒有，」柯柏說道，「不過，害死他老婆的畢竟不是消防隊的人。他的視力很好，一旦他想到有喬裝的員警混在消防隊裡……」

他沒再往下說。

「愛力森的老婆跟這件事有啥關係？」莫姆問。

「關係可大了。」柯柏說。

「噢，那件老掉牙的事啊。」莫姆說，「不過你的話有點意思，也許可以找個親戚來勸他投降，例如他的女友。」

「他沒有女朋友。」隆恩說。

「好吧，也許找他女兒或他爸媽來。」

柯柏聽得不寒而慄。看來，這位督察的辦案方式全是從電影中學來的。

莫姆起身往車群走去。

柯柏期盼地看著馬丁・貝克，然而馬丁・貝克沒理他。他站在老舊的守衛室牆邊，表情悲淒，難以捉摸。

情況確實很不樂觀。

目前已經死了三個人了——尼曼、卡凡特和亞勒森，再加上墜毀的直昇機，受傷人數竄升至七位，這是個很嚇人的數字。柯柏在伊士曼牙科中心外忙著逃命時，根本無暇多想，但現在他覺得好害怕。他怕警方若再這麼草率行事，將會造成更多警員傷亡，但他更擔心愛力森會突然不再只對警察放槍。要是如此，災情將會一發不可收拾，有太多人都在他的射程範圍內，大部分的人都在醫院園區或歐丁路沿途的公寓裡。愛力森真要發起瘋來，他們阻止得了嗎？萬一時間非常緊迫，就只有一個辦法了——炮轟屋頂，但那將會造成何等損傷？

柯柏納悶馬丁・貝克心裡在想什麼，他很不習慣在這種時候不知所措，因此心中甚是懊惱。幸好這情形沒有維持太久，因為督察出現在門口，而馬丁・貝克正抬起頭來看著他。

「這件事只能有一個人去辦。」他說。

「誰去？」

「我。」

「我不准你去。」莫姆立刻說。

「很抱歉，去不去是我自己的決定。」

「等等，」柯柏說，「你的理由是什麼？是基於技術考量還是道德考量？」

馬丁・貝克看看他，沒說話。

對柯柏來說，這樣的回答就夠了——那表示，兩者皆是。

如果馬丁・貝克心意已決，柯柏絕對不會攔他。他們彼此相識太久，交情也太深厚。

「你打算怎麼做？」剛瓦德・拉森問。

「先到他樓下的住家，從窗戶爬進圍欄——走面北陽台下的窗子——然後攀梯子上去。」

「嗯，也許行得通。」剛瓦德．拉森說。

「你希望愛力森那時人在哪裡？」柯柏問。

「面向大街，最好是在上方的屋頂，在北邊頂樓住家的屋頂上面。」

柯柏皺起眉頭，左大拇指抵著上唇。

「他大概是不會乖乖去那兒的，」剛瓦德．拉森說，「因為他在那邊空門大露，會變成活靶子。」

「等一下，」柯柏說，「如果我對屋頂結構了解正確，那兩間頂樓房屋剛好就跟盒子一樣，蓋在大樓本身的屋頂上。臨街的一面及兩座屋頂之間都有兩、三碼的間距，邊緣還有道玻璃屋頂傾斜進來，所以那邊有塊凹地。」

馬丁．貝克看著他。

「是啊，這就對了。」柯柏接著說，「我覺得，他在射歐丁路上的車子時，就是躲在那裡。」

「但當時他沒有被射殺的風險，」拉森反對說，「現在狙擊手已經爬到波尼亞大樓或教堂高塔上……不對，等等，波尼亞大樓上好像沒人。」

「而且他還沒想到教堂高塔，」柯柏說，「老實說，那上面也沒人。」

「是啊，」拉森說，「真是有夠蠢。」

「好吧。我們如果想把他引到那邊，或至少把他逼到頂樓房屋的屋頂上，就得引起他的注意。」

柯柏再度皺起眉頭，其他人均默不作聲。

「那棟大樓比兩邊的大樓離街道稍遠，大約六呎吧。如果我們在兩棟大樓匯合的街角處製造一點騷亂，而且離大樓越近越好，那麼愛力森就得爬到上面的屋頂才看得見。他應該不敢下樓到欄杆邊探頭探腦吧？我們可以派一輛消防車……」

「我不想把消防員也扯進來。」馬丁・貝克說。

「我們可以派幾個已經穿上消防員制服的警察。如果他們緊貼著牆，愛力森就動不了他們。」

「除非他有手榴彈。」剛瓦德・拉森悲觀地說。

「你叫他們過去做什麼？」馬丁・貝克問。

「製造騷亂，」柯柏說，「那樣就夠了，細節我來負責。至於你，不可以弄出半點聲響。」

馬丁・貝克點點頭。

「是啊，我想你也知道。」柯柏說。

莫姆緊盯著馬丁・貝克。

「你算是自願去的嗎？」他終於問道。

「是的。」

「算我服了你，」莫姆說，「可是老實講，我實在搞不懂你。」

馬丁・貝克沒答話。

十五分鐘後，馬丁・貝克走進達拉街的大樓，緊沿著牆行動，臂下夾著輕型的金屬鍊梯。

在此同時，一輛消防車揚著警笛，從觀景街的街角繞了過來。

馬丁・貝克外套口袋裡放了一具小小的短波對講機，肩套上插著一把七點六五釐米手槍。他揮手要一名從鍋爐室溜進來的便衣巡警走開，然後開始慢慢朝樓上爬去。

到達頂樓後，他用柯柏弄來的鑰匙打開屋門走進去，將外套和夾克掛在大廳。

他自然而然地環視房內。這間房的陳設頗具品味，相當怡人。馬丁・貝克在想到底是誰住在那兒。

震耳的消防車聲不斷傳來。

馬丁・貝克覺得十分平靜而放鬆，他打開大樓背面的窗子，態度從容自在。他在北邊陽台下方將梯子架好，放到窗外，緊緊將梯子扣在十呎上的陽台圍欄。

接著他爬下窗戶，走進房內扭開對講機，立即與隆恩聯絡。

•

隆恩站在波尼亞大樓頂端，那兒離西南邊有五百碼，而且是離地面二十層樓高的地方。他望著醫院園區外達拉街上的大樓，雙眼被冷風刮得冒淚，但仍能清晰地看到自己要監看的點位——頂樓房子的屋頂。

「沒動靜，」他朝著對講機說，「還是沒動靜。」

他聽到救火車的嚎嗚，接著看見一道影子竄過一小片被陽光照亮的屋頂。隆恩將對講機湊近嘴邊。

「有了，就是現在。」他相當興奮地說，「他上去了，就在我這一邊，他躺下來了。」

二十五秒後，嗚笛聲嘎然而止，對置身半公里外的隆恩來說，那並沒有產生特別的差異。但一會兒過後，他又看到屋頂上出現陰影了，接著他看到有人站了起來。隆恩說道：「馬丁，他行動了！」

這回，隆恩的聲音興奮異常。但沒有人回應。

如果隆恩是個射擊好手，可惜他不是，而且有把加了望遠鏡的步槍，但他沒有，他就有大好機會可以一舉射下屋頂上的人，可是他懷疑自己是否有此膽識。還有，這次他看到的人，其實很可能是馬丁．貝克。

•

消防車喧鬧四響，而後停止鳴笛，這過程對隆恩而言沒有太大意義。但對馬丁．貝克來說卻是攸關一切。

他一接獲隆恩的訊號便放下對講機，溜出窗口快手快腳地順著梯子爬上陽台。他正前方是頂樓房子的背面和一道生銹的窄小鐵梯。

當警笛聲停止時，右手握槍的馬丁．貝克正往梯子上方爬升。

在震天價響的鳴笛聲乍然切斷後，四周瞬間靜得出奇。

馬丁．貝克的槍管敲中鐵梯右側，傳出輕輕的噹一聲。

他爬上屋頂，頭和肩頭才剛探出邊緣，就看到愛力森站在他面前六呎處，雙腳叉開，立在屋頂上，拿著槍直直指著馬丁．貝克的胸口。

馬丁・貝克手裡的槍仍對著上空，整個人進退兩難。

他沒時間多想。

太遲了。

馬丁・貝克沒想到自己會那麼快就認出愛力森——金色的鬍子、往後梳理的頭髮，防毒面具推到脖子後邊。

馬丁・貝克僅有時間看到這麼多了，他還看到那把造型詭異的手槍——有巨大的槍托和泛著青光的方形槍管——那把槍正用死神般的小黑眼直視著他。

他不知在哪裡讀過這情況。

總之，一切都嫌晚了。

愛力森開了槍。在那一瞬間，馬丁・貝克看著他湛藍的眼睛。

接著噴嘴上火光一閃。

子彈像巨錘一樣，打向馬丁・貝克的胸膛。

29.

小陽台深約六呎，長十呎。側牆上牢牢栓著一道細窄的鐵梯，直通到黑色的鐵皮屋頂上。兩面短牆上都有通往大樓的門，而在另一邊面向圍欄的地方，有片厚實的半透明玻璃板做成的高欄，高欄上有條鐵梁就架在兩片側牆外的角落間。陽台燦亮的地板瓷磚上，擺著清理地毯用的摺疊架。

馬丁．貝克躺在一片交錯疏落的鐵管上。他頭向後仰著，脖子枕在沉重的管子上。

馬丁．貝克漸漸恢復了意識。他張開眼，看著上方晴藍的天空。但視線不久後又開始飄游，他再次闔上眼睛。

他還記得——或者說還感受得到——胸口那駭人的一擊，以及自己是如何跌墜的。但他想不起來自己是怎麼落地的。是不是整個人從大樓頂端一路掉到了院子裡？從那麼高摔下來，人還能活嗎？

馬丁．貝克試圖抬頭看看四周，但肌肉一使力就渾身劇痛，於是他又痛昏過去。之後他便不敢再做嘗試，只是半閉著眼，盡可能在不轉動頭部的狀況下掃視周遭。他看得到梯子和黑色的屋頂邊緣，知道自己不過跌落兩三碼的高度。

馬丁·貝克閉上眼，試著逐一移動手腳，但他只要牽動肌肉，便疼痛不已。他知道自己胸口至少中了一槍，卻很訝異自己竟然還沒死。不過，他並不像小說裡寫的那樣會感到慶幸，然而奇怪的是，他竟也不覺得害怕。

馬丁·貝克不知自己中槍多久了？他昏死之後，有再多挨子彈嗎？愛力森是不是還在屋頂上？馬丁·貝克沒聽到任何槍聲。

馬丁·貝克看到愛力森的臉，那面容既童真又蒼老。怎麼可能會那樣？還有那雙因為恐懼、憎恨、絕望、茫然而顯得瘋狂的眼神。

馬丁·貝克覺得自己似乎能了解這個男人，他覺得自己也得負一部分的責任，所以應該出面幫忙，可是屋頂上的男子根本無可救藥了。過去的二十四小時，他已經豁出去，瘋狂投入一個除了復仇、暴力和憎恨之外什麼都不存在的世界。

馬丁·貝克心想，現在我躺在這裡，也許就快死了。我就這麼死去，能彌補什麼罪過？什麼也彌補不了。

馬丁·貝克被自己的想法嚇著，他突然覺得，自己已在那兒靜靜地躺了一輩子。屋頂上的人被殺了，還是被捕了？事情是不是已經過去了？而他們卻忘了他，任由他獨自在小小的陽台上等死？

馬丁．貝克很想大叫，嘴裡卻只發得出呼嚕嚕的聲音。他嚐到嘴裡的鮮血。

他動也不動地躺著，心想，那股巨大的喧鬧聲究竟來自何處？那聲音向他壓來，彷若樹梢的強風，又像岸邊的碎浪。或者，那聲音出自附近某處的冷氣機？

馬丁．貝克覺得自己陷入一片輕柔沉靜的黑暗，黑暗中，喧囂聲逐漸淡去，而他連抗拒都不想了。他闔著眼，感覺眼皮上閃動的紅光，在昏厥過去之前，他發現那些喧嘩聲原來來自自己體內。

他的意識忽去忽來，飄進盪出，彷彿在浪巔浮沉。馬丁．貝克的腦中閃過一些畫面和斷斷續續的念頭，他已無力再去尋索。他聽見模糊的呢喃，聽見體內的喧嘩聲越來越響，但他已經不在乎了。

馬丁．貝克迅速地沉入一片全然的黑暗中。

30.

柯柏的指關節緊張地敲著短波對講機。

「怎麼啦？」

對講機沙沙作響，但也只有這樣。

「到底怎麼了？」柯柏重覆問道。

剛瓦德．拉森大步走到他身邊。

「你在跟消防隊講話嗎？他們說剛才電線短路。」

「不是跟消防隊，」柯柏說，「馬丁出什麼事了？喂，喂，請回答。」

對講機又是一陣亂響，這回聲音大了些，接著裡頭傳來隆恩的聲音，語氣有些猶疑。

「發生什麼事了？」。

「不知道，」柯柏大聲說，「你能看見什麼？」

「目前看不到。」

「之前看到什麼？」

「很難講，我好像看到愛力森，他爬到屋頂邊緣，然後我立刻通知馬丁。接下來……」

「接下來怎樣？」柯柏不耐煩地說，「快說呀。」

「接下來警笛聲就停了，愛力森馬上站起來。他背對著我，站得直直的。」

「你看見馬丁沒？」

「沒有，一次都沒見著。」

「現在呢？」

「什麼也沒有。」隆恩說，「上面沒人。」

「幹！」柯柏抓著對講機的手垂了下來。

拉森憂心地呻吟起來。

他們兩個站在觀景街，離達拉街街角很近，距離大樓不到一百碼。莫姆也在現場，旁邊還有一堆人陪著。

一名消防隊員向他們走來。

「要讓雲梯車留在那邊嗎？」

莫姆看著柯柏和拉森，他現在已經沒急著想發號施令了。

「不用了，」柯柏說，「讓他們把車開回去吧，沒必要讓他們再待在那兒。」

「看樣子貝克失敗了？」拉森說。

「嗯，」柯柏靜靜說，「看來是如此。」

「等等，」有人說，「你們聽。」

說話的是諾曼．漢森。他朝對講機說了些什麼，然後轉頭對柯柏說：

「我有個手下現在爬到教堂高塔上，他說好像看到貝克。」

「是嗎？在哪裡？」

「他躺在面朝圍欄的北陽台上。」

漢森正色看著柯柏。

「他好像受傷了。」

「受傷？他有在動嗎？」

「現在沒有。可是我的手下說，他幾分鐘前還看到他在動。」

漢森的手下也許沒說錯，隆恩從波尼亞大樓上看不見公寓大樓的背面，但教堂面北，而且距離還近了兩百碼。

「我們得上去救他下來。」柯柏喃喃說。

「這件事得做個了結。」拉森鬱悶地說。

幾秒鐘後，他又說：「老實講，他根本不該一個人上去，那是天大的錯誤。」

「人前一套，人後卻捅人一刀，你知道那是什麼意思嗎，拉森？」柯柏問。

拉森定眼注視他良久。

「這裡不是莫斯科，也不是北京，」他異常嚴肅地說，「這邊的計程車司機不會去讀高爾基*的書，警察也不會引用列寧的話。這裡是個錯亂國度中的瘋狂城市。那邊的那個屋頂上有個可悲亦可惡的瘋子，是該將他解決的時候了。」

「沒錯，」柯柏說，「而且他也不是列寧。」

「我知道。」

「你們兩個到底在唱什麼雙簧？」莫姆緊張兮兮地問。

兩人連看都不看他一眼。

「好吧，」拉森說，「你去救你兄弟，我負責解決另一個。」

柯柏點點頭。

他轉身走向消防隊員，又停下腳步。

「如果用你的方法去幹，我預測你從屋頂上活著走下來的機率有多少，你猜得出來嗎？」

「大概猜得到。」拉森說。

他看看站在四周的人。

「我打算把門炸開，從大樓內部突擊屋頂。」他朗聲說，「我需要一個人幫我，最多兩個。」

四、五名年輕警員和一名消防員舉起手，拉森身後有個聲音說：「帶我去。」

「別誤會我的意思，」拉森表示，「我不想帶自認有責任的人上去，也不要那些力求表現的人。此去被殺身亡的機率，比你們任何人想像的都還高。」

「你是什麼意思？」莫姆不解地問，「那你到底想要誰跟你上去？」

「我只想帶那些真的打算去冒險挨子彈的人。有誰覺得這樣很有趣的？」

「帶我去。」

拉森轉身看著說話的那人。

「好，就是你。」他說，「霍特，當然了，我猜你很想去。」

「喂，還有我。」人行道上有個人說，「我也想去。」

---

* 高爾基（Maxim Gorky, 1868-1936），俄國社會主義現實派小說家。

那是一名三十多歲、身材瘦削的男子，他穿著牛仔褲和皮夾克。

「你是誰？」

「我叫波林。」

「你是警察嗎？」

「不，我是建築工。」

「你怎麼會跑來這裡？」

「我就住在這兒。」

拉森全身上下仔細地打量他。

「好吧，」他說，「給他一把手槍。」

漢森立即掏出塞在他外套胸帶裡的警槍，但波林不想要。

「我可以用自己的槍嗎？」他問，「只要一分鐘就可以拿到了。」

拉森點點頭。波林離開了。

「那是違法的，」莫姆說，「這樣……不對。」

「沒錯，」拉森說，「而且是嚴重違法。更糟的是，竟然有老百姓持槍自願參戰。」

波林不到一分鐘就拿著槍回來了，那是一把A點二二的柯特獵槍，槍管甚長，可裝十發子彈。

「好，我們進去吧。」拉森說。

他頓了一下，看看柯柏。柯柏已經挾著兩綑長繩，繞到街角去了。

「我們先讓柯柏上去把貝克救下來，」他又說，「漢森，去找些人到門上裝炸藥。」

漢森點點頭走開。

一會兒後，他們已準備就緒。

「行了。」拉森說。

他繞過街角，另外兩人跟在他身後。

「你們從南邊門進去。」他們來到大樓後，拉森說，「我走北邊。你們點燃引信後，至少跑開一截樓梯的距離，最好兩截。你辦得到嗎，霍特？」

「可以。」

「很好。還有一件事，如果你們誰在上頭把他幹掉了，那麼下手的人以後就得對此事負責。」

「即使自衛殺人也一樣？」霍特問。

「對，即使是自衛也一樣。現在來對時吧。」

柯柏轉動那間公寓的門把。門鎖著，但他手裡有鑰匙，很快就開了門。走進前廳時，柯柏看到馬丁・貝克掛在鉤子上的那件外套和放在桌上的對講機。他一進屋內，便看到打開的窗戶及外邊的金屬鍊梯梯腳。那梯子看起來搖搖欲墜，十分不穩。打從他上回爬過這種梯子之後，體重增加了不少，但柯柏知道，這種梯子可承載的重量遠超過他的體重，所以他毫不遲疑地攀出窗外。

他將兩綑繩索牢牢套在胸前和肩上，這樣就不會防礙他或絆到梯子，接著他開始小心翼翼地慢慢爬到陽台上。

自從隆恩回報說望遠鏡裡看不到什麼之後，柯柏就一直告訴自己，情況一定糟到不能再糟了。他以為自己已有心理準備，可是當他攀過欄杆，看到馬丁・貝克血淋淋地靜靜躺在三呎外時，他連氣都喘不過來。

柯柏翻過欄杆，低身看著馬丁・貝克仰躺的蒼黃面容。

「馬丁，」他啞聲輕輕喚道，「馬丁，天啊……」

柯柏看到馬丁・貝克緊繃的脖子上有微微的脈動。他輕輕將手指擺到脈搏上。還在跳動，但非常緩慢。

柯柏檢查好友的身體，就他所見，馬丁．貝克只中了一槍，但正好打在胸膛中央。子彈在一顆鈕子中間射出一個小到不能再小的洞。柯柏撕開馬丁．貝克浸了血的襯衫，從橢圓形的傷口研判，子彈應該是從側面射入右胸。柯柏無法判定子彈是否已從另一側射出，或是還卡在胸腔裡。

他看到鐵管下的地面積了一灘血。血灘沒特別大，而且傷口的血幾乎也已經止住了。

柯柏把綑繩從頭上取下，將其中一綑掛到上邊橫木，再拿著另一綑繩索停下來傾聽。屋頂上沒有半點聲響。他鬆開繩子，將其中一端小心地放到馬丁．貝克背部下方。柯柏悄聲而快速地綁著繩子，完成後先檢查繩子是否綁妥，繩結有沒有鬆脫，最後再探探馬丁．貝克的口袋，找到一條乾淨的手帕，然後從他自己的褲袋裡掏出略髒的手巾。

他脫下羊絨圍巾綁在馬丁．貝克胸上，再把兩條摺好的手帕塞進繩結和傷口之間。

他還是沒聽到任何聲音。

現在，困難的部分來了。

柯柏探到陽台欄杆外往下望，移動梯子，讓它剛好落在窗邊。他謹慎地將架子推到欄杆邊，拉住，綁在馬丁．貝克身上的繩子上，讓繩子纏過原本掛梯子的欄杆幾圈，然後綁到自己腰上。

他細心地將馬丁．貝克抬到欄杆邊緣外，自己用身體竭力撐著，讓繩索繃緊。等馬丁．貝克整個人懸吊在玻璃圍欄外之後，柯柏才開始用右手鬆開腰上的繩結，同時以左手拉住馬丁・貝克全身的重量。繩結解開後，柯柏慢慢將馬丁・貝克往下垂放，他雙手緊握繩子，在無法探出圍欄的情形下，盡可能估量該放多少繩索。

柯柏估計馬丁・貝克應該已經盪到打開的窗口外之後，才探身往下張望，他又鬆掉幾吋繩索，然後再將繩子牢牢綁在玻璃上方的橫杆。

接著，他從鐵架上拿起另一綑繩子套到肩頭，迅捷地爬下梯子穿窗而入。

已呈半死狀態的馬丁・貝克就懸在窗戶壁架下方一呎半的地方，他頭向前垂，身體斜斜吊著。

柯柏站穩後，才將身子探到窗台外。他兩手抓繩，開始用力拉。他將繩子換到單手，另一手抓住馬丁・貝克臂膀下的繩子將他往上拉，然後抓住他的腋下，把人從窗口拖了進來。

等柯柏解開繩子，把馬丁・貝克放到地板後，隨即又爬回梯上，解開綁在欄杆上的繩索，讓繩子掉到地上。柯柏回到窗邊，移開梯子，將梯子帶下來。

接著柯柏將馬丁・貝克揹到身上，開始往樓下走。

當剛瓦德．拉森發現自己犯了這輩子最嚴重的疏失時，時間僅剩六秒鐘了。他站在鐵門外，看著攤在面前的引信，才發現自己竟然沒帶火柴。拉森不抽菸，所以不會隨身帶著打火機。偶爾，相當偶爾，他到高級的立奇餐廳或帕克餐廳吃飯時，通常會拿幾盒有餐廳字母紋樣的火柴放進口袋，只是他上回外出吃飯後，外套已經不知換過多少次了。

拉森相當懊惱。他顧不得嘴巴都還沒闔上，便火速掏出手槍，解開保險，將滅音器對準引信頭——調好角度，以免子彈彈到門，射到不該射的地方，比如說他的肚子——接著扣下扳機。子彈在石造的樓梯間像黃蜂一樣嗡嗡飛過，點燃了引信。看到引信嘶嘶冒著悅人的藍焰後，拉森立即衝下樓；就在他跑了一截半的樓梯時，B入口傳來轟然巨響，將房子震得搖搖晃晃，接著他自己這邊的火藥也在四秒後爆開。

但拉森的動作還是比霍特迅速，或許也比波林快。他在衝上樓的過程中，把剛才落後的一、兩秒給追了回來。鐵門已經不見，或是應該說已經平躺在地上。再走半截樓梯，就到了加了鐵條的玻璃門前。

拉森一腳將門踹開，來到了屋頂上。說正確點，他就站在兩棟頂樓公寓間的煙囪旁。

他立刻看到愛力森。他正拿著那把強森自動步槍跨站在屋頂上。然而愛力森並沒看到拉森，全副心神顯然都放在第一扇爆開的門上，注意力都集中在大樓南半邊。

剛瓦德・拉森一腳踩住面街的護欄，用力一撐，站到頂樓房子的屋頂上。愛力森轉過頭來看著他。

兩人之間相隔不過十二呎，但情勢優劣高下立判。拉森將對方看得一清二楚，而且手指扣著扳機。

愛力森似乎不以為意。他繼續轉身，將自動步槍轉向敵方。然而，拉森並未開槍。

他定定站著，持槍對著愛力森的胸口，愛力森的槍管也對他轉了過來。

就在此刻，波林開火了。這槍射得奇準。儘管他的視線泰半被拉森擋住，但還是準確地從六十幾呎外擊中愛力森的左肩。

步槍噹地一聲掉在鐵皮屋頂上，愛力森身子一扭，整個人倒了下去。

接著霍特也趕到了，他用槍身擊打愛力森的後腦。那聲音聽來十分殘酷。

屋頂上的男子躺著，毫無意識，血從他頭上汩汩湧出。

霍特重重喘著氣，再次揚起槍。

「住手，」拉森說，「夠了。」

他將自己的槍放回槍套，整理好頭上的繃帶，右手食指一彈，彈掉沾在襯衫上的一大粒煤灰。

波林也爬到屋頂上了，他四處張望。

「天啊，你怎麼不開槍？」他問，「我不懂——」

「沒人期望你會懂。」拉森打斷他說，「對了，你那把槍有執照嗎？」

波林搖搖頭。

「那麼你大概有麻煩了。走吧，我們把他抬下去。」拉森說。

馬丁・貝克 刑事檔案 07

壞胚子

Den vedervärdige mannen från Säffle

作者	麥伊・荷瓦兒 Maj Sjöwall 及 培爾・法勒 Per Wahlöö
譯者	柯清心
社長	陳蕙慧
副總編輯	林家任
行銷	陳雅雯、尹子麟、洪啟軒
封面設計	井十二設計研究室
地圖繪製	Emily Chan
排版	宸遠彩藝
印刷	通南彩色印刷股份有限公司

讀書共和國出版集團社長	郭重興
發行人兼出版總監	曾大福
出版	木馬文化事業股份有限公司
發行	遠足文化事業股份有限公司
地址	231 新北市新店區民權路 108-2 號 9 樓
電話	(02)2218-1417
傳真	(02)2218-0727
客服專線	0800-221-029
Email	service@bookrep.com.tw
法律顧問	華洋國際專利商標事務所　蘇文生律師

出版日期	2020 年 6 月　初版一刷
定價	320 元

Den vedervärdige mannen från Säffle

國家圖書館出版品預行編目

壞胚子 / 麥伊 . 荷瓦兒 (Maj Sjöwall), 培爾 . 法勒 (Per Wahlöö) 合著 ; 柯清心譯 . -- 初版 . -- 新北市 : 木馬文化出版 : 遠足文化發行 , 2020.06
304 面 ; 14.8 X 21 公分 . -- (馬丁 . 貝克刑事檔案 ; 7)
譯自 : Den vedervärdige mannen från Säffle.
ISBN 978-986-359-803-9(平裝)

881.357　　109006536